"一带一路"大型系列丛书

总策划　戴佩丽
主　编　孙春光

龚培德 ◎ 著

新疆是个好地方

遥远的西戈壁

中央民族大学出版社

China Minzu University Press

图书在版编目（CIP）数据

遥远的西戈壁 / 龚培德著 . —北京：中央民族大学出版社，2021.4（2022.9 重印）
（"一带一路"大型系列丛书 . 新疆是个好地方 . 第三辑）
ISBN 978-7-5660-1903-5

Ⅰ.①遥… Ⅱ.①龚… Ⅲ.①散文集—中国—当代 Ⅳ.①I267

中国版本图书馆 CIP 数据核字（2021）第 025565 号

遥远的西戈壁

著　　者　龚培德
责任编辑　戴佩丽
责任校对　赵　静
封面设计　舒刚卫
出版发行　中央民族大学出版社
　　　　　北京市海淀区中关村南大街 27 号　　邮编：100081
　　　　　电话：（010）68472815（发行部）　　传真：（010）68933757（发行部）
　　　　　　　　（010）68932218（总编室）　　　　　（010）68932447（办公室）
经 销 者　全国各地新华书店
印 刷 厂　北京鑫宇图源印刷科技有限公司
开　　本　787×1092　1/16　印张：11.25
字　　数　148 千字
版　　次　2021 年 4 月第 1 版　2022 年 9 月第 2 次印刷
书　　号　ISBN 978-7-5660-1903-5
定　　价　45.00 元

目 录

"一带一路"大型系列丛书
——新疆是个好地方

父亲的稻花香

1978年8月，我初中毕业，二姐高中毕业，在这年的8月1日，我们俩同时参加了工作。当时，有许多同学被分配到西戈壁农场新组建的青年连和水工连，我们因为想回父母所在的连队，便被分配回四连。这一年，对于国家来说党的十一届三中全会揭开了改革开放的序幕。由此，中国实现了从"赶上时代"到"引领时代"的跨越。我们家在这个年代末也发生了几件令人难忘的事，虽然时间已过去多年，但依旧让人记忆犹新。

还是从第一件事盖房子说起。

好几年前连队从东干大渠的西边地窝子迁址到东边平房，我们家里分得了一间半墙底角为砖、房顶帽檐为砖、中间的墙为土块的新房，在当时连队大部分人家还都住在地窝子时显得很是阔气。但随着时间的推移，我们姐弟相继长大，母亲在20世纪60年代末又给家里添了个小妹，于是这一间半房子便显得不够住了。特别是由于我上学了，也不能和父母挤在一张床上，每天只能打地铺。小学在连队读，上了初中便在农场场部读，那个年月也没有觉得上学多重要，认为干活挣工分还自由些，所以初中毕业连高中也没考，在学校填了一张参加工作的表格，就成为西戈壁农场劳动力中的一员了。为这事母亲特别生气，好长时间不理我，因为我答应她去读高中的。但随着我和二姐扛着行李从学校回家，面对木已成舟的状况，她只好无奈地摇摇头。在连队的职工花名册上，一下子增加了两个人，在几百名职工的连队也算是劳动力大户了。因为劳动力多，家里的收入也一

下子增加了不少，家庭经济也有了很大改观。于是，在工作一年之后，父母亲决定拆掉原来靠墙而盖的堆放杂物的房子，重新盖一间大的，能够住人的房子，具体来说，就是解决我的住宿问题。在连队盖房子不费什么周折，地基随便夯打一下即可，主要打土块，一间房子需要四五千土块，这对于有4个壮劳力的我家来说不是什么难事（当时大姐在山上工程连修水库，不在连队职工花名册之列）。更何况靠近我家住宅旁就是林带和公路，我们只需在林带里引些水，将房后的土泡上一夜，而后将铲出的泥沾上麦草滚上一个个类似冬瓜大小的泥团，放入打土块的泥模子里即好，一个壮劳力正常情况下每天打上400—500块没有问题。在全家人的共同努力下，打土块的任务很轻松就完成了。紧接着是找能盖房子的木料，而最为关键的是找能当横梁的木头。如果所盖的房子想和原来连队所盖的房子长度和宽度都一样，则需要5根横梁，但在那个年头，不要说5根，即便是1根，也让父亲无处可寻。连队人早先盖房的木料，原是在邓家沟和老龙河两岸砍伐的胡杨，可这20多年连续的砍伐和开荒，这两处能做盖房所需的木料已砍伐殆尽。场部和连队搞建筑所用木料是按指标由上边特批供给的，轮到职工自己建房，只好自己想办法解决。连队职工解决的办法大都是跑到芨芨庙水库上游等候从山上洪水下来时冲下来的一些木料，这颇有些"守株待兔"的味道。因为这种运气不是每个人都可以碰到的，它需要各种机遇的巧合，才能有所收获。如上游山上的大树被冲倒了，落入了河里，再加之山上雨大河水暴涨，使这些树木很快进入几十公里的河渠，在几十公里河渠的冲荡过程中随时都有意想不到的事情发生，即便没有任何闪失这棵大树落入谁家也是未知数。父亲这人虽肚里有些墨水，但这种寻找木料的本事不是他嘴里说说就能办到的。因此，在准备盖房子动工之前，还是母亲在连队大渠边"蹲守"了一个多月才从东干大渠的闸门出水口处寻到一棵5米来长的20厘米粗的红松，算是唯一可以称作房梁的木料了，但这根木头实在太短了，3米的长度去掉两头搭墙各占30厘米，房子的空间则不足2.5米，这和以前的杂物房没有多大的区别。父亲对着这唯一的一根木头，卷着莫合烟，一连抽了几个晚上，用木棍在地上划来划去，最后决定用这根不足3米的木头，盖起宽度为4米的房子。父亲说的话使我们目瞪口呆，怀疑是不是自己耳朵有问题，这真有点天方夜谭。父亲见我们不信，便拿起手中的木棍在地上给我们比画。原来他盖的房子类似"山"字形，只是这"山"字中间是最长的那一竖，改为最短。也就是说，父亲要在这4米宽的空间，再竖一垛墙，直到这个墙延伸至4米，4米之后用母亲拣回的那根3米长的木头搭在墙上，一直搭到后墙，这样利用这道墙和这根木头盖起了长为7米宽为4米的房子，只不过这个所谓宽为4米的房子前面有墙的宽度各为2米，后边无墙的才可称得上4米。那时我家在平房的东头，盖的房子也在东头，按理说，房门应开在靠近老房子的2米处，进出方便啊，可在盖房子时不知哪位师傅说，这房子冬天没有火墙，只有一个土炉子，住人怕要受冻，为了保暖，房子门还是靠最东边开为妥。于是，这房子盖起来，我们家房屋的进出便成了一个"S"形，从最初连队分配一间半的最后半间，直到加盖房子的最东头的门，邻居说，进了你们家像进了"地道战"中的地道，母亲则笑着说，就这也不易呢，现在总算每个人都各自有睡觉的地方了，我看还蛮安逸呢。

房子盖好，住的问题解决了，母亲召开家庭会议决定全家上阵打牧（羊）草。

夏季，西戈壁各色牧草长势极好。芦苇、甘草、苦豆子、大叶草、拉拉秧、芨芨草、野苜蓿等各种牲畜所喜食的草应有尽有。很多年以前连队为了牲畜过冬给每个职工下达打草任务，叫作"义务草"。意思是无偿奉献。从上一年开始，打草不再是无偿，而是在交够连队的任务后，其余部分连队按价收购，这样在挣工分之外，职工们又有了一份额外的收入。对于连队来讲通过收购职工的牧草，再转手卖出也算获得一部分额外收益，这属于皆大利好的事，因此大家伙不用吆喝都会暗暗较力。

　　打草从麦子拔节时就开始了，在西戈壁的荒滩、渠边、田埂，邓家沟两岸水浅之处均是打草的主战场。在每天天刚亮的出工前和收工后顶着月亮星星，男人和女人们都会拿着镰刀走向他们事先所相中的地方。在打草之中也常会有许多的意外之喜，比如有人会无意中收获几十个野鸭蛋，有人会收获几只小野兔，有人会收获几筐野蘑菇。而那年打草我的父母则收获了几麻袋鱼，鱼是在我们连队居民点后边1.5公里多巴巴胡马一家哈萨克族毡房不远处的一条水沟里发现的，那条沟是一条自然沟，也被当作农田的排水沟，母亲有一天瞧见那儿的芦苇长势不错，便在那儿扔下了条毛巾作为标记，意思是这地方我先找到了，别人就不会再在那地方动手了。这也是当时连队打草时的规矩，类似于"占山为王"，但却十分有效，多年来西戈壁人也从来没有更改过。这天下班后母亲和父亲到那儿打草，打草时母亲突然听到沟里有哗啦啦的水声，便走到沟里去瞧瞧，待她跳下沟时简直惊呆了，由于当年天热，沟里的水几乎没有了，剩下的沟底几十米长的一丁点水里，满满的一沟鱼拥挤在一起扑腾扑腾直跳，什么草鱼、鲤鱼、鲫鱼、白鲦子、鲢鱼、五道黑、泥鳅应有尽有，这是母亲来西戈壁10多年来第一次见到这么多的鱼，她连忙大声喊父亲下来瞧瞧，父亲见这场面也欣喜若狂，只是他没有立马跳下去抓鱼，而是对母亲说，这么多鱼，怕是我们一时半会儿也抓不完，若喊连队其他的人来，又不够大家疯抢的，我的意思是咱们谁也不吭声，我回家去悄悄弄几条口袋，再弄辆架子车来，这样抓完鱼好弄回去。母亲说，你这么晚拉辆车来人见了怎么说？父亲说，这很简单，说是拉草拉柴火都行啊。母亲眼睛看着沟里蹦跳的鱼儿满脸欢笑地说，那好那好，你快去吧。

　　在父亲将架子车和几条口袋拿到沟里的时候，母亲用手将那条沟里的水几乎泼光了。沟里的许多鱼已经没有蹦跳的力气了，一层摞一层。父亲和母亲将所有带来的口袋装得满满的，也仅能装下沟里鱼的十分之一。用父亲的话说，不行再回来拉一趟，母亲想想说，算了，回头还是告诉邻居吧，让他们也来尝尝鲜，凑个热闹。于是母亲把泼出去的水又重新引回沟里，沟里刚刚蹦跳不动正喘气的鱼立马又欢腾跳跃起来。母亲和父亲将几麻袋鱼拉回家中后，立马告诉了隔壁和前后的邻居，连队职工居住的本身也不分散，这个消息一传出，尽管那时大多数人家已吃过晚饭，贪睡的人已经上床歇息，月亮也已升上天空，但听说有鱼可抓，而且眼睁睁地看着我父母拉了一架子车鱼回来，连队还是沸腾了，大人小孩子连走带跑地拿着手电筒赶往那条水沟，抓鱼的嬉笑声热闹了半个晚上，去早的人都颇有收获，知道消息晚滚了一身泥水没有抓着几条鱼的也大有人在。那一夜，哈萨克族牧民巴巴胡马家从未有这般热闹过，烧了好几壶奶茶招待连队这些抓鱼的人。当然由于抓鱼的人太多，父母亲在那儿打的草也被人翻来覆去踏得不成样子，母亲说至少损失一多半。父亲对母亲说，鱼和熊掌不能兼得，你有了这么多鱼，够吃半年，还想那些草干吗？母亲瞪了父亲一眼，别给我说那些酸词，我没上过学也搞不懂，只是这些鱼可真是好东西啊。

母亲收拾这些鱼真是一把好手，1公斤以上的大鱼用稻草薰后风干，0.2公斤以上的直接腌制后挂在厨房的房顶上和屋檐下。再小的她用鏊子烘干，作为干炒鱼来用。总之，各类鱼有各种不同的吃法。母亲这人很大方，每每做好后，都会送给邻居们尝尝，一来是联络相互间的感情，二来是让大家夸她的手艺。

打草的时间一般为3个月，从6月至8月，过了8月立秋之时，西戈壁就开始播种冬菜了，主要是大白菜、萝卜和雪里蕻，这些菜主要是为漫长的冬季生活所备，利于储藏和腌制，打草的活儿也基本进入尾声。

由于那年父母特别能干，尤其是母亲几乎中午从来都未休息过，她那件白色的圆领汗衫后背也被磨了几个窟窿，但我们家打草也获得了空前丰收，在门前摞起了4个整整齐齐的草垛，母亲会经常端着饭碗围着草垛转几个圈，然后对父亲说，2垛可以完成连队的任务，另外2垛是多余赚得。

父亲看了看后架上的漆已经磨光绑着四根棍的自行车说，今年它也算出力到家了。母亲白了父亲一眼说，有了钱给你换辆新的。

虽然我们家的新房盖起来了，打草的任务也超额了许多，但对于西戈壁秋季的庄稼来说当年却是个灾年。原因是当年的霜和雪来得太早了。特别是水稻稻穗尚未成熟，还直直地挺立着，就被寒冷的冰雪包裹了。有道是"穗不低头，颗粒无收"，大概就是指这光景。

西戈壁种植水稻的历史并不长，也就两年。因为种植水稻需要特定的条件，那就是必须有足够的水源作保障。这些年，西戈壁人为了保证所开垦的土地有充足的水灌溉，想方设法去上游的山里寻找水源，经过努力终于在离西戈壁农场100多公里处的昌吉庙尔沟上游发现了几处雪山之水，利用河谷的狭长地带，横腰拦截建成了大坝。这样，上游几条河的雪水就不会白白流淌了，在三屯河水库放闸大水进入西戈壁后，农场又修建了芨芨庙水库，对来到西戈壁的水进行第二次的分配，使每个生产连队根据种植作物的不同调节不同的水量。由于有了水的保障，再加上附近米泉、昌吉、五家渠、梧桐窝子、青格达湖等附近的乡村和兵团团场都种出了品质上乘的水稻，农场决定在西戈壁开始大面积种植水稻。我还记得连队的第一批稻种是父亲和连队的其他人一起赶着马车在当时米泉的羊毛工或是三道坝等处购买的。回来之后，父亲说当地还有一个村叫什么皇宫，这地方怎么可能有皇宫呢？一定是皇贡，是给皇上纳贡粮，当地人要么没文化，要么是口误，要么是以讹传讹，肯定不对。母亲说，别人都喊了这么多年，也没见人给纠个错，你怎么去买了次稻种就瞧出不对劲儿了，是显摆你有文化啊。父亲说，这事不是显摆，是有很多地名需要重新考证呢。比如咱们这儿的三十户、五十户地名，一般人肯定理解是指多少户人家，其实这里面大有学问的，按照新疆当时的总人口算不可能有这么多户。这些所谓的人口"户"应叫"斛"，是指一种东西的容器，三十户、五十户应为三十斛粮食、五十斛粮食。通俗的话讲就是三十麻袋，五十麻袋粮食。

对于父亲的说法，母亲没有分辨，因为论学识，她的确不是父亲的对手，况且对于"户"和"斛"之间的关系，她也懒得搞明白。不过父亲的这一说法，在三十年后得到了确证。那是在一个北疆油菜花开满大地的时候，我陪内地来的一位对新疆地名颇有研究的专家去乌苏考察一处历史遗迹，无独有偶的是当地也有一个"皇宫村"，还有一个"八十户"的地名。当地一个搞史志的人问专家为何叫这些地名？专家的回答和父亲如出一辙。对专家的话我不知该不该告诉父亲，专家是以史料作考证，而父亲仅凭自己肚子里的墨水做的猜测，但某种东西有形和无形之间的牵连谁又能说得清呢？

那年的霜冻从九月上旬就开始了。在西边的老龙河刮了一天一夜的大风之后，秋雨就跟随着过来了。往年，第一场秋雨也就下个半天或一晚上，可那年提前来的雨直下了两天两夜，连队好多人家的房屋都漏雨了，连队西边的老居民点，由于剩下的一些房屋全部是用土夯的墙，哪里经得起这么长时间的雨水浸泡，好几户人家先是墙体塌了，最后连房顶也塌了。幸亏没有伤着人。我家在盖新房时顺便在老房子上又加了一层泥巴，算是有先见之明，几间房子捯饬的滴水未漏。受灾的不仅是水稻，还有那些昂着头的高粱、谷子、玉米，还有人们冬季生活所需的冬菜。所有的秋作物在最后该生长的季节由于霜冻的早早来临，而未能完成颗粒的饱满旅程。

秋收，是在人们嘴里吐着一团团白色热气时候开始的。那时节，8月底播种的冬小麦抽出了叶片，每天清晨叶片上都是白色，那是每晚霜露留下的痕迹，到了正午，阳光出来，叶片上的霜露化成水，顺着叶尖朝下滚动，而每颗滚动的露珠上都闪烁着五彩斑斓的太阳。此时，南归的大雁静静地在麦地里寻食，偶尔路过的动物或许不经意间惊扰了它们悠闲的雅致，使它们感受到了危险，会不时地发出鸣声，似乎在提醒着整个雁群。每年深秋，在冬麦灌入水之时，都会有雁群在西戈壁大片大片麦田地里停

留，大的有几百只，小的也有几十只，特别是在水源充足的邓家沟两岸，由于碧波荡漾，更是雁群歇息的驿站，因为雁群在西戈壁做入冬前的短暂停留后，它们的翅膀便要飞向更遥远的天际，去寻找自己另一个家园。对于每年来往的雁群，连队很少有人捕捉，即便有一两只落伍的，或因伤病而掉队的，连队职工也会将其抱回家中喂养，待它们痊愈后再将它们放飞蓝天。对这些从南国故乡飞来的鸿雁，连队职工把它们看作是神鸟，因为只有它们年年会从故乡带回春的消息。

即便知道秋庄稼收到场院也打不下多少粮食，但连队还是要求全部收割，因为这是西戈壁人一年的收成，尽管颗粒不饱满，但给牲畜作饲料还是蛮不错的。秋收时在庄稼地里掰玉米、割高粱人们还可以直起身子，背着口袋在地里穿行，最难割的是水稻，由于稻秆还处在未成熟季节，用老职工的话，这不是割稻子，而是在砍稻子。再加上寒冷的气候，稻秆上全是湿漉漉的霜，磨得再锋利的镰刀，在这样的稻秆面前，割不了多久，就钝得无法下手，再加上抓稻秆时湿漉漉的冻得人难以忍受。因此，在稻田边有许多燃起的火堆，以备人们干一会儿活儿烤一会儿手。

父亲那时在麦地里浇水，也就是给出苗不久的冬麦浇第二次水，也俗称"灌冬水"，因为冬水浇得透才能保证冬麦苗在寒冷的西戈壁不被冻坏冻死，如果"灌冬水"只浇了地的表层，那第二茬春麦苗返青之季地里就会出现枯黄一片。可以说"灌冬水"对于在大田地里忙活的人们来说是个技术活。当然"灌冬水"的活儿基本上都是由男人们来干的，这是因为浇水时不分昼夜，24小时连轴转，女人们一般吃不消；另一个原因是如果渠水大，需要堵口子等出力的活，一般女人也应付不过来，所以浇水班都是由男人组成。父亲尽管在连队的劳力中不属于壮劳力，甚至干农活他还不如母亲，但因为是男人，浇水班的活儿也只好凑合着干了。因为浇水时需要两个人搭伙，虽然他体力差些，但肚子里许多笑话和故事，还是有不少人愿意和他搭伙在一起，目的只有一个，在将支渠的水引到麦地喘口气的时候，抽着烟可以听父亲天南地北，从古到今讲些奇闻趣事。浇水班当时除了工分高外，还有一个最大的好处是，可以免费吃连队食堂提供的饭菜，在那个肚子里缺油水的年月，毕竟公家食堂的伙食比自家的要强一些，这也是连队男劳力愿意主动到浇水班的原因。

其实这年父亲到浇水班也是他心情最灰暗的时候。父亲自第二次来疆后，他的性格倒也改变了不少，用母亲的话说，不再那么年轻气盛、得理不饶人了，或者说脾气也被消磨掉不少。他也曾多次进行过反思，虽然肚子里有点墨水，但不依旧和这些大字不识几个的人一样面朝黄土背朝天吗。人不认命不行啊，母亲常说，不是你命里的，哪样儿也都不属于你。父亲来西戈壁后，一开始仗着自己有些文化，也先后做过记工员、管理员、统计、会计等，可都干不了多长时间，就被撤职了。原因只有一个，那就是在许多场合他显得比连队领导都高明。领导可以容忍很多的东西，但绝对不能容忍一个自以为是，而且比自己聪明的下属，况且这个下属并不是肩膀上有"钢板"的人（指贫下中农、复转军人、革命干部），他仅仅是一个自流来疆的"盲流"，所以随时将他拿下也就不足为奇了。几年来父亲上上下下好几回，他每次被撤职时总在嘴上说要吸取教训，可过不了多久，他那自以为是的毛病又犯了。自然连队那些不用下大田出力的差事又换成了别人，几番折腾下来，父亲虽然连个"好差事"都丢了，但他的名气在西戈壁倒也扬了起来，以致后来连队再换领导，也再没有人敢用他了。到我和二姐回到连队时，父亲也不过刚满50岁，因为连队干部不再愿意让他成为"管理"人员，母亲觉得自己也很没面子，脸上挂不住，人多的场合母亲自然给父亲留些脸面，但夜晚回到家里，少不得埋怨，而父亲在母亲的数落声里，只有招架之功，而无还手之力了。

在西戈壁大田里，母亲自然是干最苦最累的活儿，好在她从小吃苦惯了，什么样的活儿在她眼里都能干，用她自己的话说只不过多掏些气力罢了。别人割水稻镰刀老钝，她是事先磨好两把随身带，另外又将家里的一块磨石带上，趁休息时间，把镰刀磨得锋利。有些人的镰刀钝得不成样子，母亲也就顺便帮别人磨几下，她边磨还边对别人说，俗话说"磨刀不误砍柴工"，你这样的镰刀别说割稻子，连只鸡怕也杀不死呢。赶明个儿先把镰刀磨好后再出工，磨刀那点功夫怎么都应该有的，不就少抽一根烟少喝一口水嘛。接过她磨好的镰刀的人自然对母亲所说连连点头，有些人还伸出大拇指，意思是母亲刀磨得好。在连队大部分劳动力苦干了将近一个月，第一场大雪在西戈壁上空悄然而至的时候，连队的水稻田终于被收割完了，只是那些割下的来不及拉到场院的稻捆还都一个个在雪地里站着，犹如一个个雪人。

由于气温低，第一场雪又下得大，整个西戈壁也就被雪包裹得严严实实了，无论是连队住处，还是田野都是白茫茫的一片，那些道路旁的林带里，条田里的白杨树、榆树、沙枣树，还有邓家沟两岸的红柳，所有的枝条上都挂满了雾凇，唯有从居民点家家户户烟囱中冒出的炊烟使人感受到生命的存在。虽然稻子割完了，但要想把稻田里的稻捆全部从雪地里拉回场院，连队的人手显然不够。农场领导一声令下，让场部中学的近千名师生停课一周，全部参加抢收稻捆劳动，而且专门交代，以此次劳动作为学生期末鉴定优良的标准，那时候鉴定可是大事，所以参加劳动的中学生也极为卖力，挑担的、肩扛的、腰背的。有些半大的男孩，正是长气力的时候，相互之间暗自咬牙不比大人们弄到场院里少。也就是一周多时间，连队的场院上已摞起了高高的粮垛，有高粱、黄豆、玉米。当然，最多还是水稻，一溜儿摆过去的稻垛如小山似的，引来落雪后四处觅食的麻雀儿争先恐后地飞来飞去，一大片一大片地落在垛堆上，连队几个会捕鸟的河南人，每天用"粘网"都捕获几百只，可谓战果辉煌。

收上场院的秋作物用老职工的话说是都很瘪，与往年成熟的年份相比，连50%都达不到，但正因收获的果实少，连队才要求必须颗粒归仓，以使受灾的影响降到最低，尽管各种作物脱粒时都是严格按要求来执行，很少有浪费的，就那样打下的果实也与原来估计的相差甚远。农场领导脸上无光不要紧，最倒霉的要属连队职工了，因为是靠收成多少拿工分的，收成不好，工分自然不值钱，那些算计好年终发钱时的各种购买计划都落空了。

俗话说"祸福相连随"，也因为入冬早，整个北疆的畜群牧草未能及时储存。我们多打下牧草的人家都大赚了一把。我家除了上交连队的"义务草"之后，仅卖多余牧草的收入就超过300元，惹得许多仅完成连队打草任务的人家很是眼红，要知道当时300元可是一个整劳力全年的收入呢。而这些钱全是现钞，不是连队的工分，只有农场有钱时才能兑现。母亲晚上在煤油灯下一遍一遍兴奋地数着票子，对围在她身边的我们说，今年春节给你们每人扯一身的衣服，对了，你们不都眼馋别人穿的的确良布的军衣吗？就那种样式的，我已经托人打听了布料的价格和裁缝的工钱，保准新年都能穿上。我们听了都乐坏了，这可是我们期盼好久的愿望，母亲一句话就给我们解决了。母亲对父亲说，也给你扯件新衣服吧，你不是"秀才"吗？虽然现在整天钻在泥土里了，但出门别太寒酸了。至于我，你们就别操心，有喜欢的当然不会落下的。母亲的一席话令全家人皆大欢喜。

可也正因为我家"卖牧草"获得的钞票让人眼红，使父亲又犯了脾气，或者说他觉得受到了污辱，他决定要为自己的命运"挑战"。

事情的起因是这样的。连队有一个职工姓曹，平时我们称他曹叔，这是一个单身户，是一个一人吃饱全家不饿的角色。平常和我们家来往也不是很多。过去，想讨口吃的就来我家混口饭吃。母亲见其一人生火开饭诸多不便，他来混上一顿两顿饭也就不在意，并不放心上。但今年别人在打牧草时他不愿下苦，还在一旁说风凉话，这些人想钱怕想疯了吧，指望这些牧草能发大财吗？不仅自个儿没有完成连队要求上交的打草任务，更谈不上有多余可卖的了。所以当连队有些人家因卖牧草而有了一叠厚厚的钞

票，他就觉得自己好像吃了什么亏一样，不知出于何心理他有一天竟跑到我家向父亲张口借钱。父亲这人要面子，不想借又怕别人说他小气，支支吾吾地不知如何应对。那张平日里说故事如"说书"般无比流畅的嘴好像被堵了一半，呜呜地也不知说些什么。母亲见父亲那样，心里来气，就直接从房的里间走出来，对曹叔说，这事你不用给孩子他爹说，给他说也没用，这个家是我当，告诉你想借钱没门，我们全家辛苦几个月，都累得快扒层皮了，就这点钞票有多少事等着呢。你也不想想，你是个单干户，全连队谁有你富有，我们不找你借钱倒奇怪了，还有你这样的厚着脸皮找上门的，外面雪下得大，赶紧找地方凉快去。母亲的一席话，说得曹叔哑口无言，只好灰溜溜地夺门而去。只是他这一去后，就满连队开始嚷嚷，说老龚这个人空有一肚子墨水，他这一肚子墨水也只配夏天流汗打点牧草用。如果真有文化，还像我们这般下苦力？不早早寻个轻松的活儿了。咱们满世界瞧瞧，哪个有文化的人会干这下死力的活儿，这说明这人没有文化，是个骗子。

父亲听到这番话自然是愤怒溢于言表，他准备找那曹叔理论一番，说个清楚。遇到拉扯不清的事连队当时最有效解决问题的方式是靠拳头。母亲对父亲说，为那种人动手不值，再说，你也不一定能打过别人，就是打过了又能分辨出个什么子丑寅卯吗？我看，人家讲的也不是没有道理，你想想，你这辈子干了多少差事都没长久，这说明你这人本身是有问题的，不能说所有的错全是别人的。母亲的几句话，使父亲如泄了气的皮球，脑袋随即耷拉下来。但父亲心里头的火应该是依旧在不停燃烧，虽然他不和母亲争辩，但对于这个连队没几个人能正眼瞧的曹叔，竟然用如此的话语来羞辱他，这是他不能容忍的，何况在父亲的眼中，他本身觉得自己这一生就有点虎落平原英雄气短之感，而曹叔的言语又恰恰刺中了他最敏感的神经。他觉得自己一定要做出件什么大事，才能让西戈壁的人刮目相看。

其实，对曹叔这个人，我们连队没几个人喜欢。他原籍在安徽，1958

年支边，他们那个村子许多人报名来疆，当时来疆叫支援边疆（后来简称为"支边"），是件很光荣的事，看到要去"支边"的人敲锣打鼓，胸戴大红花，听说还能吃饱大米饭和白面馍馍（当时西戈壁农场接"支边"的人所说），他便坚决要求去新疆，因为在村子里他年龄已过40岁，尚未娶妻，怎么讲也都不是一件光彩的事。于是，在他的自告奋勇强烈要求下，接人的干部十分感动便答应了他的请求，于是，他便随着家乡拖儿带女的几百口人一起来到了西戈壁。在西戈壁，由于曹叔属于年龄偏大的劳动力，连队便安排他在菜地工作。但曹叔这人属于既贪嘴又不愿下苦之人，别人家为改善生活，养个猪羊鸡鸭的，再懒的也会养几只兔子和鸽子，可他不，什么也不喂养。但谁家要是杀猪宰羊，他比谁的鼻子都好使，耳朵都灵光，会早早地跑到人家门前。连队那时家家户户还没垒院墙，猪圈、羊圈、鸡圈也都在门前和屋后随意搭建，宰羊还好说，用不上几个人，而杀猪则不一样了，首先要有几个身强力壮的人，或宰杀牲畜有经验的人先跳进猪圈，将猪掘倒捆绑住后方才抬出来宰杀，虽然母亲喂猪养羊是把好手，但对于剥夺这些家畜生的命她从未亲自动过手，父亲虽然是男人，但做这种粗气力活也不是他的强项（别人家干这种活是从来都不会喊他帮忙的），只有自家杀猪时，他才会在猪圈旁给别人递个绳子、凳子、扁担之类，用连队老职工的话，父亲所做的活儿只能称作"偏料"。再说曹叔这人只要听到连队猪叫的声音，不用找他准在那一堆围着看热闹的人群里，若主家没请帮忙，连队一些职工抽上一支烟，在猪被捅上一刀，血汩汩流入的白瓷盆中时便各奔东西下地去忙活了，几个请来帮忙的这时候在给猪脚处拉一道口子，开始吹气，不管那些猪是胖还是瘦，都吹得个圆如皮球。而在猪未杀之前，旁边的土灶上早已烧好了一大锅水（大铁锅都是连队食堂的）准备用来刮猪毛。而当一瓢瓢水浇在鼓起气的猪身上，曹叔就会将自己磨得飞快的两把刀非常及时地递上，边递边说，用这刀，这刀锋利，刮猪毛来得快。帮忙的人对曹叔这做法都习以为常，嘴上

也不客气，顺手也就接过来。如果说连队哪家杀猪没见到曹叔出现，反而让人有些奇怪了。曹叔既然给主家递上家伙帮了忙，主家自然不能不对曹叔说些客套话，虽然别人该出工的出工，该干吗干吗去了。但主家还是劝曹叔留下搭个手，此话也正是曹叔围观的目的，于是借梯子上房名正言顺。此后，在对这头猪的处理过程中，曹叔的声音比别人都高了8度，让人感觉他的重要性，至于最后主家端肉上桌，打开酒瓶子。曹叔仿佛自己成了主家，招呼这个招呼那个。连队也有几户人家看不起曹叔这一做法，说白了就是不愿曹叔吃白食，虽然杀猪时曹叔将磨得锋利的刀递上去，但人家就是不接，曹叔在边上转来蹭去，可别人就是装作看不见，曹叔几次张嘴说话，可别人就是不接话头，最让曹叔生气的是，他厚着脸皮在人家门口站上半天，想混口肉吃，可到吃饭时别人上桌后把房门关上了，把曹叔晾在门口晒太阳。对这几户人家曹叔自然口中无德，逮着机会就糟践几句，可他孤家寡人，又害怕别人的拳头，所以也就忍个肚子疼，碰到我父亲，曹叔自认为自己的胳膊比父亲的有些气力，父亲打架肯定不是他的对手，便在语言上对父亲进行讥笑和挖苦，没料到他的这一做法，倒成就了父亲的一个作家梦。

父亲的家乡邳县（今邳州市，下同。），自古以来就是兵家必争之地。

据史料记载，徐州建立中共党组织在全国范围来说也是较早的。中国共产党1921年7月在上海成立不久，就派人到陇海铁路从事工人运动，传播马克思主义，推动工人运动的开展。1921年11月20—27日，徐州铁路工人发起"反虐待""争人格""光国体"，反对帝国主义及北洋军阀大罢工，其后发展成整个陇海铁路工人的政治大罢工。在全国各界的支持下取得胜利。这是我国历史上第一次在我党领导下举行的大规模罢工斗争。1922年春建立了中共陇海铁路徐州分部。随后在徐州的各县建立了党的组织。也就是说，父亲尚未出生，在这块土地上便早早诞生了革命的火种。

父亲的家族中最先将革命的火种在那块土地上传播下来的是几个从法国留学归来的青年学子，是他们追寻真理的目光唤醒了古老运河边的民众。虽然在那艰苦卓绝的岁月中，这里的党组织多次遭受创伤有过低潮，有过白色恐怖，但火种存在，红旗终究会漫卷这块大地。《红岩》一书讲述了在渣滓洞关押的中共党员宋绮云、徐林侠夫妇及"小萝卜头"等政治犯的故事，宋绮云时任爱国将领杨虎城将军的秘书，他和夫人徐林侠都是邳县人，夫人徐林侠出生于大运河北铁佛寺村，宋绮云出生于运河南20里的梁堂村。而这村有一个有名的大地主叫梁益斋，他的土地、财产在邳县都是数一数二，他的儿子和侄子也都是国民党的高级将领。抗日战争期间梁益斋的儿子率队离开家乡，但为了照顾家人还是给梁老爷子留下了一个连的兵力看家护院。1940年日本鬼子进行大扫荡，当地的武工队力量薄弱前往洪泽湖，请求陈毅军长派兵前来打鬼子。陈毅军长爽快答应了，决定派"十八梯队"前往邳县同日寇斗争，以巩固抗日根据地。半个月后，队伍下来了，可当地武工队的人傻眼了，原来这"十八梯队"就18个人，而为首的队长还是一名姓赵的姑娘。原来这"赵姑娘"是梁益斋的外甥女，她是奉陈毅军长的命令来找梁益斋，要他出任抗日民主政府邳、睢、铜、灵四县行政公署主任，并且要他将看家护院的士兵转变成共产党的抗日队伍。梁益斋是志存高远的人，在民族大义面前他二话不说，不仅担任了四县公署主任，而且写信给前方作战的儿子，让他们英勇杀敌，早日把鬼子赶出中国去。后来赵姑娘带的队伍由18人发展到上千人的队伍，成了新四军四师黄克诚部的一支劲旅。

我的大姑（父亲的大姐）在抗战初期入党并担任运河区委的妇救会长，大姑父则挂着盒子枪成了县大队的武工队长，父母的家族中出现了很多共产党人，他们在家乡大运河上演绎了无数可歌可泣的故事，其中许多人牺牲在了艰苦卓绝的斗争中，没有能够活到解放胜利的那一天。因为父母亲身经历抗战和解放战争，特别是淮海战役时，母亲牵着牲口为解放军送粮，一个十五六岁的小战士为救母亲而被炮弹炸死，那一幕时时刻刻印记在母亲的脑海。母亲对父亲说，你肚子里有墨水，把咱们家乡的事写出来就是书啊。母亲这人虽然没有多少文化，但非常有政治头脑，她说你写这些故事保证没事，因为是写共产党、八路军打鬼子的事，是抗战的事，再有什么运动，也不会说抗战不对吧。再说，现在也不像以前了，不是动不动就要纠辫子、扣帽子，只要行得正坐得端，谁也不会把你怎样。母亲说这话是有道理的，也是她的亲身感受，自十一届三中全会以后，农场不再搞运动，抓阶级斗争了，而是提出发展经济，连队也不再是干好干坏一个样，而是实行班组大承包，多劳多得，超产可分红了。父亲说，对。可待他想了几天几夜后对母亲说，咱家乡的故事太多，要想写完不知要写到猴年马月呢。母亲说，那可怎么办呀，要不你先拣那些重要的、有意思的写。那时节我和二姐已在四连工作一年多了，在父亲的影响下，也喜爱读文学作品。但从未想过父亲能写小说，也不曾想过他写的小说能否出版。但从内心来讲，又非常渴望父亲能够成功。父亲将这部尚未出炉的小说定为三部曲。第一部《沉浮》和第二部《沧桑》主要写运河边8年抗战的故事，第三部《春晓》写解放战争的故事。父亲说，这三部写下来字数怕有100万，母亲说，比盖房子打土块还累吗？父亲说，那不一样，只不过一个是靠体力，一个是靠脑力。母亲说，这不就得了，你这人又不愿下体力，就好好动动笔杆子吧。

父亲觉得写这部书他有特定的优势，一是所写的都是他熟悉的人和事；二是有许多故事是他和母亲的亲身经历，根本不需要设置情节原汁原味照搬过来即可；三是那时已入冬，家家户户都在打草绳，不用出工就可换工分，而最大的好处是父亲打草绳的任务全家可替代，他就有了充足的时间。

说来也巧，就在父亲动笔写稿之际，附近团场有一个老乡来我家串门，听说父亲写小说缺纸便自告奋勇地从一。一团造纸厂给父亲弄回来一尿素袋各种颜色的纸，老乡说这些纸都是造纸厂的下脚料，不要钱。于是，父亲便在那些五颜六色的纸张上开始了他的作家梦。

动笔写《沉浮》的时候，父亲那年刚满50岁。50岁那个年月在农场大田里做活已算老人了。父亲觉得如果真能写部小说，或许可以改变一下自己的生存环境。否则，他也只有和庄稼打一辈子交道了，真如曹叔所言，你那些"文化"只怕是喂狗狗都不吃呢。"文化"是什么？你拿什么来证明你有"文化"。

为了不耽搁或者影响父亲写文章，母亲专门把我们家的半间房子腾出来使父亲有了写作的"书房"。我们搓草绳全部在外间的房子里，搓草绳就是用稻草搓成绳子，每一圈为1.5米，100圈为一个劳动力一天的工分。干农活对草绳的需求量极大连队人收割庄稼和打牧草都离不开草绳。在父亲写作的日子里，家里的饭菜也稍微有了改善，我印象最深刻的是母亲那年做了两缸盐豆子。除了正常的在缸里下些萝卜片食用外，母亲还经常用盐豆子炒个鸡蛋、炒个豆腐，用以补充父亲的营养。父亲那时写作也非常辛苦，每天睡得都比我们晚，我们一般搓草绳到凌晨一两点，而父亲那时节房间的灯光一直亮着。就这样，一直写到那年的腊月，快过春节了，父亲终于写完了他的长篇小说的第一部。因为父亲小时候接触的文学作品都是章回体的，所以他的这第一部小说也按章回体来写的。每到该收尾了，末了加上一句欲知后事如何，且听下回分解。尽管使用章回小说的手法，但里面的故事却是生活在父母的记忆里，原汁原味，没有任何编造的痕迹。每写完一章，父亲就会为我们读上一遍，算是征求一家人的意见。无论是在吃饭还是搓草绳，我们一家人都会围坐在一起讨论，有时候我和姐姐还会争得脸红脖子粗，而母亲很少发表意见，只是听我们争吵，有时见争吵得实在厉害，便插嘴说，这写小说就如说书，只要故事好，让人心里老惦记着，就不愁没人听。听了母亲几句话，我们放下争吵的话题，又相互猜想父亲下节会写出什么故事来。

　　父亲动笔写这部长篇时感觉仅靠一本《新华字典》无法解决遇到的困难和问题，他需要一本更大更厚的字典来当他的"老师"。也不知他从哪里打听到了现在新出版了一套《辞海》。母亲说，需要就买吧，这还用商量？父亲见母亲爽快的样子就说，这可是你说要买的，不过钱可要不少呢。母亲心想一本字典能需要几块钱呀，便没含糊地说出，买，我说的，只要写书用得着，这钱应该花。可当父亲说出这套《辞海》上中下三册共计69元，需要母亲整整两个月的工资时，母亲一下子沉默了。在当时，我一个月的工资才32元，两个月的工资还不够买套《辞海》，父母他们的工资比我们多几块钱。《辞海》的书价让母亲一下子没有回过神来，但她说过的话又不好收回，况且这是父亲写书要用的。母亲思忖了一会儿说，买，必须买。这样，孩子过年的新衣服必须做，打了一年牧草，娘答应的事，一定要兑现。我们俩老人将就一下，新衣服来年再做吧。母亲办事很是雷厉风行，第二天，她就将买书的钱交给了我，她说，儿子，你去一趟师部五家渠新华书店，将你爸说的《辞海》买回来。那时候西戈壁农场和六师师部五家渠还未通公路，我是从昌吉县五十户、滨湖公社的小路上骑着自行车去的五家渠。买书时新华书店的售货员有点奇怪地看我，她认为，买这种《辞海》的都是公家单位，哪有个人舍得花这么多钱买这种东西的。售货员不会想到，就是靠《辞海》这个"老师"，父亲才写出了他的长篇。买回《辞海》的当天晚上，母亲在灯下用手抚摸着三部厚厚的《辞海》封皮说，老天，里面有这么多字啊，谁能认得完啊，不过，这东西可以传代，儿子、孙子都可用得上。

　　父亲这部小说的初稿也就写了三个多月。第一部《沉浮》共计30余万字。但这仅仅是初稿，是他在老乡送给他的五颜六色的纸张上完成的。修改时在初稿上面划了很多道道，个别的地方又补充、添加了整段落的文字。这手写的草稿自然不能投寄出去，还有就是往哪儿投寄父亲心里也没底，于是在他按着家里现有存书的出版社地址寄了一封自荐信，信的大意是自己最近写了一部描写淮海地区抗日题材的长篇小说，不知编辑老师可有时间阅览云云。记得那是在春节前一个雪花飘飘的日子里，我从连队骑车到场部，将几封内容相同的信投进场部邮电所的邮箱，在那个春节大家打牌喝酒的日子里，父亲也没有休息一天，而是用复写纸一张一张工工整整地抄写他的这部长篇，他给自己定的任务是每天抄写不少于1万字。当时抄写用的是方格稿纸300字一页，而垫上复写纸，最多也就能抄三份，父亲打算两份书稿寄出，自己家里留一份。

　　翻过年就是春天了。这时候已经是1980年的春天了，从古尔班通古特沙漠吹来的凛风带着独有的野性，在西戈壁的土地肆虐着，虽然大地上已没有了雪的痕迹，但这种风刮到人的脸上还是有种针扎的疼痛。我在那个春天，通过农场机务科组织的考试，从农四连调到机耕二队，成了一名54型拖拉机的学徒。在生产连队能从拿铁锹的手成为一名拖拉机手对母亲来说是很值得骄傲的一件事，因为开拖拉机定的是机务级，而种地定的是农工级，在工资的等级收入上是有差别的，最重要的是开拖拉机是个技术活，母亲有点炫耀地说，以后我儿子找对象不用愁了。能开拖拉机还有一件令母亲开心的事是，在生产连队谁家有人在机务队上班，有个不成文的规定可以用机务队的拖拉机到北沙窝深处拉一车梭梭柴。因为农场已建场20多年，西戈壁周围的戈壁滩上梭梭柴已被人砍尽杀绝，很多人家只能到连队西面的高冈上去拉琵琶柴，琵琶柴与梭梭柴是不能相比的，梭梭柴属于灌木类，耐火经烧，虽然不如煤炭耐火长久，但也能持续燃烧大半夜，加满一炉子的梭梭柴不仅一晚上不挨冻，早晨起来炉膛里还可以残存几块火炭。梭梭柴的炉灰烧土豆更是绝配，只要将土豆埋在炉灰里，不出一个小时，金黄的散发着诱人香味的土豆就烤熟了，而且整个土豆不会有一点糊，因为土豆之所以能焦黄熟透全凭炉膛里的梭梭柴灼热温度给闷熟的。只是这种美味现在很少能寻找到了，即便现在回到西戈壁农场，家家户户也都用上了天然气，那种飘香的土豆味只有存在回忆里了。

那时连队去场部邮局取报刊和信件的话都是派给一个手臂有残疾的人，他的这个残疾是因公所致，连队就安排了他这样一个角色叫通讯员。通讯员每周一、三、五去邮局，而这些日子也就成了我们家人朝连部勤跑的时间，好在那时父亲订了份《昌吉报》和《参考消息》，这也就成为我们家人跑连部的理由。通讯员说，要是连队订报刊的人都如你们家取报刊这样及时，也就省去我好多功夫了。只是通讯员不晓得，我们家一方面是为取报纸，最主要的是想看看可有出版社的回信，这是父亲最为期盼的。

从三月底起，寄往内地出版社的信陆陆续续有了回音。但大部分是说，现在出版社正处于恢复阶段，没有更多的人手来阅读这么长的小说。每收到这样的回信，就犹如一盆凉水浇在了家人的心里，也使父亲怀疑自己有没有能力写出这样一部作品。因为他从出版社的回信中也隐约感觉到出版社对他这样从来没有写过文学作品的人，一上手就拿出一部几十万字的长篇不是说不相信，至少觉得能否达到出版水平存在疑虑，或许这就是出版社不愿意接受他稿件的主要原因。

望着父亲默默抽着莫合烟那种痛苦又无奈的样子，母亲对父亲说，有什么大不了的事，你本来就是大田地里刨食的人，写的东西能印成书是好事，印不成书，就当把我们家乡过去的事都记下来了也是好事啊。你能留下这么多的东西，也是家当啊，这东西又不是新鲜蔬菜不吃怕坏了，又不是粮食放久了怕被老鼠糟践了。

父亲知道母亲这话是在宽慰他，但他写的这部东西究竟是不是文学作品他自己也搞不清楚，虽然他读过很多书，也给报纸、电台写过一些新闻稿件，但几百字的新闻稿件和一部几十万字的作品完全是两回事。

父亲原来对自荐信充满希望，可没料到竟然没有一家出版社想收留，哪怕看看这个"孩子"（父亲的作品），这种打击对父亲而言好像没有预料到。好在这些年来父亲经历的磨难太多，对如今这么个结果，也没有怨天尤人，静下心来想想这原是因为自己和自己赌气才发誓要写的，连队并没有几个人知道，也不算什么丢人的事。如果这部小说没写好就嚷嚷出去，犹如蒸馒头，未到时间就掀锅盖那可就遭了。连队那些准备看父亲笑话的人，特别那个曹叔会有更多的话刺激父亲，诸如他要能当作家，早干吗去了，他要能写出小说来，太阳会从西边出来，公鸡都会下蛋，等等。因为无人知晓即便没有什么结果如母亲所言，也不是什么大不了的事，父亲心里略感安慰。只是在一个多月抄写稿件过程中用坏了几十支圆珠笔，父亲的右小手指也磨出了厚厚的老茧。

四月初机耕队的拖拉机准备开始施肥了。连队的冬麦已经返青，在没有拖拉机条施肥之前，人们都是用盆来撒尿素，尽管几十个人每天按行距排着队往前撒，但还是有遗漏之处，另外，用手撒尿素，抛得高低手的大小也直接影响均匀，再加上撒过之后水未能及时跟进，在阳光的照射下，本身也会挥发一部分，减弱了肥力。而如今使用播种机施肥，不仅能使每粒肥料准确无误地投入麦苗的根部，而且在播种面后加了磨耙，将播入的肥料及时掩埋土里，即便没能按期进水，也不会影响肥料的效果。西戈壁的人说，农业的根本出路在于机械化，这话在农场的土地上最有说服力了，同样的土地就因为改变了施肥方式，每亩增加几十斤一点问题也没有，说来也真是，现如今西戈壁的土地打下的粮食，是开荒时的好几倍。而人们的劳动强度比过去却减少了许多。春季是机耕作业最繁忙的时候，各种春播的作物玉米、高粱、黄豆、打瓜、西甜瓜等都需要播种和开沟，因为机耕二队的作业区分属于三个连队，自我做了学徒后便整天跟着师傅在三个连队的土地上来回打转，活干到哪里就在那个连队吃住，这样回家的机会就少了些。随着农活的紧张开始，父亲也放下了手中的笔，每天在田野上随连队的劳动力一起挖渠、种树、播种、浇水……那部还没有抄写完的小说也暂时搁了起来。

到西戈壁的土地上绿色铺满了田野，沙枣花开始飘起浓浓的香气，那个季节已到五月中旬了，麦子已浇第三遍水正在拔节抽穗，黄鹂在田野上飞来飞去不停地鸣唱。

由于上年水稻种植遭受了提前来到的霜冻，今年农场决定把种植期朝前推上半个月，这样，在忙完春播春种后，连队的大部分劳动力都集中到528条田，先把播种的稻田用水浸泡一遍。连长说，去年老天爷没有让我们吃上大米，今年大家肯定有口福，想想大米饭的味道，大家就不觉得辛苦了。连长刚把话说完，有一个下乡的知青说，大米饭的味道和辛苦有什么相干，城里人不种田不照样吃米吗？连长说，那可不一样，亲手种的水稻产出来的米味道能一样吗？那时连队种植的水稻和现在不一样，是不插秧、不育苗，种植的过程是将稻种直接撒在灌满水的大田里，在稻苗露出水面期间，大田里的水始终保持在一定的高度。为什么连队种水稻是大面积撒播，而不是插秧，这是由于当时还未普及插秧机，生产连队缺乏劳动力，这也是西戈壁连队种植的水稻产量打不过附近公社老乡的主要原因。因为插秧的秧苗是提前育好的，在生长时间上就比露地撒播占有优势，更为主要的是插秧保证了合理的株数，而且不会缺苗，也就为高产打下了基础。西戈壁农场几年后也改为插秧稻，因为那时不仅用上了插秧机，收割也用上了收割机，产量自然得到了大幅提高。

经过半个多月浸泡的稻种终于在水面露出了青青的芽尖，满眼望去，在一望无际被打成一个个方格的水面，那些翠翠的叶片在微风的吹拂下仿佛瞬间会抽出一节，会增高许多。这个季节是西戈壁最美的时候，北沙窝的风变得温顺，天山上的雨也随着燕子翅膀的抖动会不时地光临这里，而这片土地上的庄稼也都进入了旺盛的生长期，最抢入眼帘的大片大片的油菜花铺满了天际。

这时候父亲那部小说的抄写工作已基本结束，父亲每写完一章，就用废纸搓一根细绳，把每一章用母亲纳鞋底的锥子打四个孔，分别用纸做的绳子穿起来，三十多章全部装订好，摆在一起有很厚的一叠。母亲对父亲说，这是你大半年来做活的成绩，好生放着，不管能不能印出来，至少你把自己心里想的东西写出来了，这就值了。父亲说，你可别管不住自己的嘴，出去胡咧咧会惹人笑话呢。母亲说，放心吧，这分寸我能把握的，再说要被人笑话，那还不是笑话我吗，书上那话怎么说的，叫一荣俱荣，一损俱损，要说打脸的话我这不是自寻其辱吗。不过话又说回来，写这个东西原本你就是为赌气，为自己争面子才动的心思，没什么大不了的。我不是以前说过吗，即不当粮吃也不当柴烧，别把这事看得太重。母亲说的话可能戳到了父亲的心里，虽然他感到有些疼痛，但也释然了许多，因为作为一个生产连队的农工，第一次动手写小说想要出版，而且是一部几十万字的长篇小说，这和做梦也差不多。不过，母亲的话仿佛对父亲也有所启发，那就是他当时眼睛盯的都是大出版社，毕竟那都是国家级的出版大社，全国有多少作家的作品都在那儿排队呢，不怨别人，是自己的眼光有问题。种庄稼应找适合种子发芽的土壤，俗话说东方不亮西方亮，多网捕鱼总会有效果，大社瞧不上的作品或许省级出版社正需要呢。反正这种"投石问路"不需要多少成本，只需贴上8分钱的邮票就可以了。于是，父亲又挑拣了西北、西南和父亲家乡的几家出版社，分别寄上了关于这部长篇小说的自荐信。

沙枣花开后不久，就到了七月麦黄开镰之日，当一车车麦捆被拉到连队的大场院，西瓜甜瓜就该浸润人们的舌尖了。那时的西戈壁无论西瓜、甜瓜都是八月一日开园。也就是说，每年只有到八月一日才能吃上第一茬瓜。不像现如今，在任何季节都可以吃上全国各地甚至国外运来的各种瓜果。为什么要到八月一日快"立秋"才开园呢，这是因为那时种植各种农作物都不使用地膜，作物的生长全根据天气，一粒种子播入土壤，必须经过自然的温度和时间才能发芽、生长、抽片、开花、结果，而不像现在依靠温室可以提前育苗，用塑料膜可以保湿保墙保温；用滴灌可以更好地提高肥力。不过尽管那时瓜果吃得时间晚些，但味道那可真叫好啊，可以说甜到人的心里。那个年月麦子收割后被拉到大场上，人们用杈子将麦捆一

竹扔到脱粒机的"大嘴里"。休息时，连队会将第一茬瓜拉上几麻袋上场，特地给场院上干活的人每人分上一个。如果父母亲都在大场上，他们会两人吃一个，另一个带回家，若只有一个人在大场上，分给的那个瓜谁都不会舍得吃，必定要留着带回家。所以每年连队大场上脱麦的日子也是孩子们最为高兴的日子，因为每个孩子都希望吃到西戈壁开园的第一茬甜蜜，甚至有些性急的孩子早早就跑到大场边，赤着脚抬着头眼巴巴地等着父母收工。

瓜地开园之后不久，连队的水稻田也开始抽穗扬花了。这天，我因为上夜班，白天又到连部去。连部那个少了一条胳膊的通讯员对我说，正巧，这儿有你父亲的一封信你给带回去。我拿过那封信，一看下面落款的地址是青海人民出版社。信封是白色的，单位印刷体落款处是蓝色的。接过这种信封时我感到有些奇特，因为大部分公用信封都用的是牛皮纸，或单位落款处的颜色是红色。那天应该是下午18时左右，我知道父母亲当天都在离家不远处的稻田浇水，便骑着自行车去稻田寻他们。

在528条田，我很快找到了他们。父亲和母亲浑身上下都是泥水，像两个泥人。母亲见了我有点不好意思，她说稻田要进水了，我跟你爸随便跑了几块地角就抓了好多鱼。她用手指指在稻田埂边放的尿素袋说，抓也抓不完，太多了。我把那封蓝底的信递给父亲。父亲因为满手都是泥水，他没有接信，而是到一处流水的渠口，把手洗干净了才走过来接过信。见信没拆口，他问我你没拆开看看？我说没有，万一是好消息呢，你应该第一个知道。父亲这话问的是有原因的，因为这几个月断断续续有几家出版社给他回了信，但内容都是大同小异的，不是婉言谢绝就是暂时无法出版，我也拆过几次出版社给父亲的回信，每次我将这种回信拿给父亲看时，父亲总是长叹一口气。后来，出版社再来信我就不拆了，我觉得把希望与失望最好都留给父亲自己。

没想到，这封信父亲撕开后仅扫了几眼，便喊还在捉鱼的母亲，大声说我的书要出版了，出版社说要呢。母亲听了父亲的话，也不顾手里捉的鱼了，趟着泥水就跑到父亲眼前，真的，真的要你的书了。父亲点头说真的真的，青海人民出版社非常欢迎写抗战的书呢，要我马上把书稿寄去。听了父亲的话，母亲也激动了，她对我说，儿子信上怎么说，你给娘读读听。我从父亲手中拿过那封信，信其实只有短短的几十个字。至今我都记得一清二楚，信是这样写的：

龚昌盛同志：

　　来信收悉，喜闻你创作了描写抗日战争的长篇小说《沉浮》特祝贺。

　　我社非常欢迎此类题材的作品，期望早日能拜读到你的大作。

　　　　　　　　　　　　　　　青海人民出版社文艺编辑室

　　我把出版社的来信给母亲读了一遍，读完之后，我发觉父亲和母亲站在稻田里，默默地，竟然没再说一句话，这可是他们期盼好久的结果啊，可他们什么话也没说，两眼都注视着前方那些正抽穗扬花的稻田。过了好一阵，父亲卷了一支莫合烟点燃后猛猛地抽了几口才说，今年天气好日头给力，这水稻一定会有个好收成。母亲说，西戈壁的人终于有大米吃了。母亲趟着泥水走到渠道边，抓起盛鱼的尿素袋子说，我说今天怎么这么喜庆，怎么有这么多鱼，原来是有喜事啊。

　　那时节，我分明嗅到田野浓浓弥漫的醇香。望着在稻田里满身泥水的父亲和母亲，我想这大片大片稻花的香味是生活对他们最好的回报。

　　父亲将书稿寄到青海人民出版社不到两个月，出版社就决定采用这部书稿，负责父亲这部书的责任编辑叫刘文琦。他来信说，父亲的这部长篇小说是青海人民出版社自成立以来出版的首部长篇，因此出版社领导非常重视该书的出版，为了帮助父亲改好这部作品，他将要到新疆来，到父亲所在的西戈壁连队来。接到刘文琦编辑要来连队帮他改稿的信，父亲觉得这可是大事了，便跑到农场政治处，将他写小说要出版的消息告诉了宣传部门。农场领导一听这是好事啊，没想到我们西戈壁还有这等人才，对农场来说是添光增彩的事啊。于是，场领导交代农场宣传科和连队一定要配合出版社的改稿工作，让连队专门腾出房子作为出版社编辑的宿舍。并特别交代连队，父亲当年的义务工全免了，专心致志地改稿件，母亲得知这些后很高兴，她说今年冬天我们不用帮父亲搓草绳了。

刘文琦编辑（后来我们一家人都称他为"刘叔"）来后没有住在连队安排的宿舍，而是直接住在我们家父亲写稿的那间"书房"。他说，这样和父亲改稿子交流方便。母亲说，那敢情好，来家里就是一家人，只是农场条件差都是粗茶淡饭委屈刘叔了。刘叔说，哪里哪里，是我来麻烦嫂子了，你们吃什么我就吃什么，别把我当外人。在我家的土炕上，刘叔帮父亲整整改了一个多月的稿件，直到将全书基本章节定稿了他才返回西宁。现在想想，当年一个出版社的编辑，为了改好一个业余作者的作品能跑上几千公里，吃住在作者家土炕上的敬业精神，真是令人钦佩和感动。2016"中国西部散文论坛"笔会在乌鲁木齐市召开，青海散文学会副会长、散文作家辛茜来乌参会，我们正好一路同行，在交谈中，我说父亲曾在青海人民出版社出版过一部长篇小说。她感到特别惊奇。我告诉他，那是很久以前的事，父亲那部书的责任编辑叫刘文琦。她说，那是太巧了，她大学毕业后分的单位就是青海人民出版社，而且刘文琦就是她师傅，当时任文艺编辑部主任。

在刘叔回西宁半年之后，父亲这部长篇小说《沉浮》正式出版发行了，首印近6万册，这是出版社当初没有想到的，因为按常规印数有个5000册就不错了，谁料想会有这么大的发行数字。对于青海人民出版社来说，可以称作"一炮走红"。

因为这部书的出版，确实改变了父亲的命运。新疆生产建设兵团农六师特别重视文学创作，在战争年代这支部队出过一大批作家和诗人。父亲这部小说是继这支部队的老作家杜鹏程《保卫延安》、邓普的《军队的女儿》长篇小说之后的第三部（跨世纪之后作家都梁又根据这支部队的英雄事迹，创作了长篇小说《亮剑》，影响甚大。）。父亲这部小说出版后兵团六师极为重视专门下文将父亲转为了干部，后被选为新疆生产建设兵团文联委员，农六师文联副主席。这部书的出版，使我们家经济上也获得了大收益，父亲得了2000多元稿酬，这在当时每个农工每月仅30多元工资收入的80年代初来说无疑一笔横财。《沉浮》出版后，引起了自治区和兵团各级媒体的关注，《昌吉报》用了一个整版介绍了父亲如何从一个农工成为作家的创作经历，不曾想，因为文章说了父亲得了稿费的消息，昌吉县税务局的人竟然骑着摩托车跑了几十公里来我家收税。母亲开始还跟税务局的人打嘴巴仗，当人家拿出稿费超过800元要扣税的文件时，母亲嘴才哑巴了。税务局人从我家拿走了好几百块钱，母亲说，相当于她一年活白干了，末了又自我安慰，算了，反正赚得比拿走得多，再说，这钱是天上掉的馅饼，凭空白拣的，给国家捐点花起来心里也安逸。

那年我们连队种的水稻获得了空前的好收成，春节按人头分，我家足足分了50公斤大米，那是我们西戈壁建场以来的第一次。不仅我们连队，全农场的人都尝到了大米的香甜。

父亲那本书出版后不久母亲退休了。母亲退休前，父亲又去了趟他原来"下放"之前在乌鲁木齐市的某个单位，在那期间，许多单位对过去的一些历史遗留问题进行甄别，实事求是地予以解决。父母亲因为当初是自己主动要求"下放"离开工作岗位的，不存在落实政策回原单位的问题，但是他们在工作期间的工龄应该予以计算。这样，父亲和母亲在原单位找回好几年工龄后母亲就光荣地退休了。当母亲坐在家里不用下地干活每月也可领到几十张哗哗作响的钞票时，母亲说现在的日子真好啊，我们过去吃再多的苦也值了。母亲说这话是有原因的，当年她和父亲从家乡作

为"盲流"第二次跑到新疆，颇有些壮士一去不复返的感慨，在哪儿能落脚也是个未知数。如今20年过去了，她不但靠自己的双手把儿女都抚养大了，而且晚年的生活还有国家保障，对于一个从运河边跑出来的女人来说，这幸福生活就是天堂。还有就是由于父亲写了这部书，算是彻底告别了连队大田生活，用父亲的话，他的"文化"在这个年代真正发挥出了特有的作用。父亲说这话时有些得意，不免又招来母亲不经意的目光，他立马像做了错事闭上了嘴，母亲笑笑说，你就继续吹吧，可别忘了，后边还有两部作品你可要抓紧。母亲尽管嘴里这样唠叨，但在她心里充满了骄傲和自豪的甜蜜。

时光一晃40年过去了，这40年西戈壁农场发生了翻天覆地的变化，过去连想都不敢想的梦变成了现实。而父亲和母亲满身泥水站在528条田默默注视稻穗杨花时的画面则成了我记忆中永远的影像。

那个年月的钟声

每天早中晚的军号声在部队军营是必不可少的，除此之外在别的地方很少能听到。然而在新疆生产建设兵团的所属农场听这军号声也成了习惯。西戈壁农场的军号声是从20世纪70年代末开始吹响的，此前的20多年里，西戈壁农场连队通知事情主要靠敲"钟"，当然这个"钟"不是指人们手上戴的手表或墙上挂的钟表，而是特指开荒初期悬挂在连队地窝子门前的拴马桩，后来成了悬挂在大树上的豁了角的坎土曼和钝了口的铧犁。别看这两种大钟的替代品其貌不扬，但敲打起来同样可以响彻整个连队。

西戈壁农场开发始于20世纪50年代初期，当时的连队用"简陋"两字形容都显得奢侈，只能用"生存"来说明当时的境况。就是一切的活动都围绕开荒，大伙儿吃的是连队大食堂统一的饭菜，住的地窝子也只是随便在高岗上挖个一人多深的土洞，连个门都没有。职工的工资是年底按工分一次性发放。平时需要个零花钱还要层层审批到场部财务科支取。若碰到账面上没钱，即便是场长批过也难以拿到钞票。而且那时职工借钱的最高额度不能超过10元。在那样的情况下连队根本没有什么条件去购置一口大钟（何况当时就是有钱也无处可买）。但连队日常又需要职工迅速统一集中，当时的连长姓张，是一位参加过兰州战役的老兵，遇事很有办法，他从战士开荒废弃的一个豁了半边角的坎土曼上受到启发，用根铁丝串在坎土曼的圆洞内，将其悬挂在地窝子门前的一个立起的胡杨木拴马桩上（那时农场场长、政委下各连队检查工作都骑马），算是代替了大钟。你可别说，虽然这个坎土曼是被废弃的，但被张连长用铁器一敲击，声音马上传送到地窝子的角角落落。将坎土曼挂好后的当天傍晚，张连长很是兴奋，他顺手拿起一把铁锹在坎土曼上叮叮当当狠狠地敲击了一阵，惹得正端着饭碗在地窝子吃饭的大人小孩连碗都没放下，以为出了什么大事慌慌张张地跑到拴马桩前。见全连人来得差不多了，张连长这才停止敲击，开始发话：今后这钟声就是命令，听到钟声连队所有的人（小孩除外）必须赶到这里集合。张连长是山东宁津人，说的一口山东话，他参加的部队原是山东渤海军区教导旅，1947年10月，教导旅奉命由海州开拔西进，先是改编成西北野战军第二纵队独立第六旅，后又改编为第一野战军第二军步兵第六师。陈毅司令员在部队交接仪式上对这支山东兵说："山东自古出好汉，你们渤海教导旅就是当今天下的山东好汉。从今天起，我把你们交给王震将军，由他率领你们到西北去，保卫党中央，保卫毛主席！"从此以后，这支由鲁西北翻身农民组成的新军在王震将军的指挥下，兵出渤海湾，浴血大西北，铁流万里，历尽艰辛，于1949年底西出嘉峪关，跨越死亡沙漠，翻越祁连雪山，是中国人民解放军序列中唯一一支从祖国陆地版图的最东头打到最西头的铁军。后来，这支部队又根据国家的需要，整建制转为兵团农场职工。当集体转业放下枪的命令下达时，张连长实在想不通，当了这么多年兵，说种地就种地去了，这和在老家种地有什么区别？甚至这里的土地还不如老家，可当他发现经过二万五千里长征的师长也照样脱下军装抡起坎土曼时，他这才悄悄闭上了嘴，从此，这西戈壁的荒原上便有了这样一支不拿枪的屯垦戍边的部队。

有了坎土曼替代钟，对连队干部来说确实能省不少脚力，以前遇到事需要挨家挨户跑地窝子去通知，有的住户地窝子深，声音小点还听不见，必须跑进地窝子扯开嗓子喊；现在一敲钟，连队职工会一个不落地跑到队部（也是地窝子）门前立起的拴马桩前。形成习惯后就是不敲钟，连队职工吃过饭有事没事也会往队部门前跑，男人会卷上一根莫合烟，往墙根一蹲，吧嗒吧嗒地抽着，夜幕降临，只望见那烟头的火星一闪一闪的，像萤火虫在飞翔；女人们则会拿只鞋底（好像鞋底永远也纳不完），在那儿吱溜吱溜地扯着线绳，即便没有任何灯光，那纳鞋底的针也不会扎到手上。对这个由坎土曼替代的钟，连队领导非常明确地下了指示，那就是除了连队领导有事通知外，职工一般不得随意敲打，违者要受到纪律处分。

只是谁也没有想到，连队职工中第一个敲钟的竟然是一个叫张镭的劳改释放犯。尽管是劳改释放，但他属于"新生"人员，自然也具有农场正式职工身份。

连队北的"马号"（饲养牲口的地方）后面不足1公里的地方是连队的一块菜地。菜地有40余亩（约2.67公顷），是专供连队食堂和职工家庭的，种植有辣椒、苦瓜、茄子、芹菜、豆角、黄瓜等时令蔬菜。连队所必备的冬季三大蔬菜（土豆、白菜、萝卜）则需要在大田地种植，而一种就是几百亩，不仅供应整个连队，甚至师部附近县城有关单位入冬前也来购买。新鲜蔬菜为什么选择在马号后面种是有其原因的。因为这里原有一个三面厚土墙相围的土坪子，形成一个"凹"字，这个土坪子为何人所建无人知晓，反正连队到这垦荒时土坪子就在，而且土坪子那墙是用黄土一层层夯成的，顶部有1米多宽，在上面可以推架子车，虽不知经历了多少年岁月的剥蚀，但墙体依旧显得很坚固，人踩在墙上尽管有细碎的泥土滑落，但感觉一下子不可能坍塌，连队领导觉得可利用下这老土墙建蔬菜组的库房，由于后墙不需要重垒，便让职工在这儿打了些土坯，从老龙河的河滩上砍了几根粗大的胡杨树作房梁，又在邓家沟边割了些红柳和芦苇，便盖了一排用于菜地储备之需的房子。

连队到菜地干活的不是老弱，就是身体有病不能下大田地干重体力的人。这个劳改释放犯张镭就属于后一种出不了大力气的人。西戈壁农场职工的组成人员很复杂，有解放军部队转业的，有参加1949年9月25日原

国民党部队起义的，有清朝和民国间从内地来疆的，有赶着畜群四处转场的哈萨克族牧民，有内地有组织地支边的，有"盲流"（自行来到在这儿落脚的），还有"两劳"（劳改、劳教释放人员）人员。而张镭就是"两劳"中的一种人。说起来张镭这个"两劳"人员的历史也不简单，中华人民共和国成立前他可真正是在上海十里洋场混过事的。用他自己的话说，是穿着白西装，戴着白礼帽，皮鞋擦得锃亮，叼着美国雪茄的有头有脸的人。他不像一般的"两劳"释放人员，这张镭长得白净，尽管西戈壁风沙肆虐，但他的头发什么时候都梳理得整整齐齐，加之他又有文化，肚子里有故事，很快和职工打成一片。张镭被释放后就感觉自己解放了，头上的天空瓦蓝明澈如愉悦的心情，他说他现在是国家的公民，享有公民的一切权利，西戈壁人不能戴有色眼镜看他。当然，对于自己过去历史上的污点，他从内心来讲非常愿意接受西戈壁农场广大贫下中农的监督和教育。尽管张镭自己觉得实实在在已成为西戈壁的一员了，但是他嘴里随意或者说无意之间冒出的几句"OK"，对整天在太阳下晒得黑黝黝的农场职工来说，他们之间还是有距离的，也就是说他们和张镭不是一个层次上的（尽管张镭是一个"两劳"人员）。好在西戈壁的人来自全国各地，虽然来大田地里的职工没有多少文化，但他们对文化人都特别尊重，通过相处他们认为这张镭就是一个大知识分子。

事实上，张镭不但是上海名牌大学毕业，而且非常精通洋文，会说好几国语言。中华人民共和国成立前他受雇于上海一家英国人开办的公司的买办，何为买办？说起来也有较长一段历史，应该是清末至民国间，有很多洋人进入中国，他们在中国开办银行、工厂以及进行各种贸易活动。但在中国做买卖，必须知晓中国的语言文字。于是他们便聘用一些既懂中国语言，又懂外国语言的人为他们的生意服务。而这些懂两国语言做服务的人就被称作"买办"。当然洋人对买办大都称为"华经理"，而张镭就是这家英国人开办的公司的"华经理"。

上海解放初期，反革命分子、敌特分子、国民党的残渣余孽，还有一些青红帮（中华人民共和国成立前活动于上海等地的帮派）的个别反动分子，以及不法商人，他们囤积居奇，抬高市价，叫嚷着"共产党能打下上海，但是守不住上海"，一时间社会秩序混乱，人心惶惶。为了稳定上海经济，打赢这场经济仗，也可以说是稳定人心战，上海公安机关开展"专项行动"，狠狠打击了敌人的嚣张气焰。在各种措施的共同推进下，上海的社会秩序很快稳定下来，敌人的阴谋终未得逞。紧接着在全市又开展了镇压反革命、严厉打击与人民为敌的反革命分子运动。在这场轰轰烈烈的运动中，做了20多年买办的张镭心惊肉跳了，他大学毕业就在为外国老板服务，也就是说外国人剥削榨取我国工人阶级的血汗也有张镭一份，他充当了"帮凶"，在解放军还没渡江时，英国老板就带着新娶的太太跑到香港去了，张镭拖家带口无法跟随（即便能跟随，口袋里也没有能在香港生存下去的钞票），便听天由命地留在了上海。可俗话说"跑了和尚跑不了庙"，这外国老板走了，可张镭还在，他不知自己是否属于专政的对象，每天急得如热锅上的蚂蚁，思前想后越想越害怕，心里便琢磨想瞧瞧自己的档案中到底被填写了些什么？如果填有"反革命分子"或"镇压对象"的文字，自己就赶紧溜之大吉，能跑多远跑多远。好在中华人民共和国成立后上海的许多外国人开办的公司都转成了国有，而那些原外国人开办公司的留守人员大部分都被留用，张镭依旧在过去的公司里做事，做的业务也与以前大部分相同。但他并不知厄运会什么时候落到自己头上。此时心里头的"魔念"开始发作，分分秒秒都在督促他赶紧把自己的档案看一下。张镭说当时脑袋里就像有一个魔鬼在时刻不停地诱惑和逼迫他，如果不立马瞧明白他可能就会发疯了。为了满足这个"魔念"，他在一个风雨交加的夜晚，悄悄溜进了他所熟悉的档案室。由于所有的档案柜都加了锁，为了能一睹自己档案的"真容"，他用事先准备好的一个撬棒，很容易地打开了柜门，并找到了那份缠绕他整夜整夜无法入眠的档案，当他看

清楚自己的档案中那几页薄薄的纸，只记录着他曾做过多年的买办，是可以教育和改造好的对象，与反革命分子没有关联时不禁长长舒了口气。然而张镭这口气舒得早了点，虽然事后他尽量将档案柜做了复原处理，但还是无法隐瞒住柜门被撬的痕迹。档案室的人第二天一早上班就发现柜门被撬了。无论过去还是现在，档案管理都是重中之重，档案柜被撬一报警就是大案。公安机关非常重视，局长亲自带人查办。公安局局长原是上海地下党出身，办案非常有经验，不到24小时张镭就被缉拿归案，并一五一十交代了犯罪事实。因张镭撬档案柜的目的是要看自己本人的档案，对国家安全和国家机密没有造成严重损害，但其性质恶劣，依然被判处有期徒刑3年。当听到判刑3年时张镭还暗自惊喜，心想3年很快会熬过去，可听到他的服刑地是新疆时，他立马觉得自己这辈子完了。新疆在地图上看那是灰黄一片啊，被称作"死亡之海"，自己如何能走到那儿并在那儿待下去呢？可时间不会给张镭有多少思考和忏悔的机会，上海当年的那批犯人很快被押至兰州，而后又坐汽车到了公安厅西戈壁劳改农场。在张镭被押到新疆前夕，他的妻子向法院提出了离婚，虽然妻子泪流满面，但张镭知道这也是无奈之举，因为新疆离上海何其遥远，即便是3年刑满释放后也未必能再回上海，还有一个最重要的原因是他们的两个孩子已读中学，有了一个被判刑的父亲，对他们以后的生活必将影响甚深。张镭想妻子走离婚这一步是对的，这也说明妻子比他看得远，这样一来自己去新疆服刑，也可以说了无牵挂了。为了妻子和孩子今后的生活，张镭很爽快地在离婚书上签了字。

张镭在劳改农场服刑期间倒也没受多少苦，因为有文化，管教便让他担任犯人的文化教员，因为当时服刑的人中有的人连名字都不会写。3年服刑很快过去了，严格意义上来说，张镭只服刑了2年零6个月，因为他连续2年被评为"劳动改造积极分子"，后被政法机关减刑半年。只是刑满后正如张镭自己所预料的那样，他们这些刑满释放人员没有能够回原籍，而是全部就地安置分配到西戈壁农场参加劳动，当然身份也被转变了，叫"农场职工"。

由于张镭在英国人开办的公司里经常打官司，所以对法律条文特别在意。用他自己的话说，法律上的事来不得半点含糊。比如和他一起释放的人员，有人被称作"劳改犯"一般不会计较，但连队大人小孩如果谁喊张镭"劳改犯"，他一是不乐意，二是谁喊的必须予以更正。他说，我既然被劳动改造释放了，就算是彻底恢复了公民的权利。"劳改犯"这个词阿拉是不愿听的，下次再喊别怪阿拉跟你急。为了彻底纠正这个问题，他专门找连长、指导员，要他们在连队大会对这个称谓必须明确予以更正，说如果谁这样称谓他就是对他人身的侵犯和伤害。连长、指导员都是从部队上下来的，知道文化人都很看重面子，又觉得张镭这个人有点死脑筋，会一根筋走到底，非常认真计较，如果不在大会上说话，不解决这个问题，他可能会整天来找你扯这个事。于是，在一次全连统一挖大渠时，指导员专门强调全连职工以后不许叫张镭"劳改犯"。张镭对指导员的做法很感激，散会后握着指导员的手连声说感谢感谢。

张镭劳改释放那年快50岁了，和西戈壁农场连队的其他职工相比算是年龄偏大了，再加上他眼睛近视，如果把眼镜摘下，看什么都模模糊糊，这样的人显然不适应大田里的强体力劳作，连里领导决定让他到蔬菜班种菜。连队领导当时的想法是蔬菜班离连队居民所住的地窝子尚有一段距离，必须有个人长年累月地守园子（菜地），张镭现如今是一个人，正好白天黑夜地守在那儿。对于连队领导的这个决定，张镭自然心满意足，这是打着灯笼也难找的差事啊，因为到蔬菜班干活可不是谁想去就能去的，偏偏这好事让他这个劳改释放人员摊上了。要说连队领导安排张镭到菜地也算慧眼识珠，别看张镭自幼没干过农活，但他见多识广，遇事爱琢磨，对新鲜的事爱尝试着去做。特别是刑满释放安排在农场，可以说把他的心也钉在了这西戈壁。用他自己的话说，那个他生活过40多年的

大上海，对于他来说已经成了可望而不可即的梦了。因为心里感觉自己注定要在这面朝黄土背朝天的地方度过余生，张镭的心反而沉静下来，他觉得既然这么多人都能在这儿生存，特别是那些打下江山的解放军官兵都能光着膀子在这里开荒种地，我张镭一个犯过事被判过刑的人为什么在这里就活不下去呢？连队职工来自不同省份，到蔬菜班干活的人也一样，大家种蔬菜各自按家乡的不同方式进行，张镭觉得这样不行，一方水土养一方人，既然到了西戈壁，所有的蔬菜必须按西戈壁的季节和气候进行种植。那时候西戈壁农场的新鲜蔬菜极度匮乏，只有到了每年的"五一"劳动节，嘴里才能吃到头年入冬前播种的菠菜、上年预留的大葱和头茬韭菜，那些时令的辣子、黄瓜、茄子、西红柿秧苗还未发芽。到职工真能吃到新鲜蔬菜时一般都到了7月底。张镭到了蔬菜班之后使西戈壁种植的各种蔬菜比过去足足早上市了20天，有些品种甚至提前1个月。为什么会提前这么多天？那是因为张镭将种植的时间提前了将近1个月。想要嘴里早早吃到新鲜蔬菜，关键需要提早育苗，过去人们育苗怕遇到伤冻，基本都是"五一"过后才开始播种。张镭到了蔬菜班之后就开始琢磨能不能使育苗时间提前，那个年月也没有塑料薄膜之类，张镭便把邓家沟里长的芦苇打成苇帘子，当作保温的设施，白天将苇帘子卷起，夜晚再盖上，真遇到降雪，气温骤低，他甚至把自己的床单被子都拿出来盖在育苗的棚架上，这样大大缩短了育苗时间，往年到了5月底或6月初蔬菜班才可以栽种秧苗，而自张镭到了蔬菜班的第二年开始，我们连队育的蔬菜秧苗就比别的连队整整早了1个月，"五一"前就栽到了地里，最快的到6月底就可吃到新鲜蔬菜，引得场部机关的好多科室干部都爱跑到我们连队"帮工"。我们那个爬过雪山走过草地从东海之滨一直打到新疆戈壁大漠的红军场长还特地到蔬菜班和张镭握了握手，称赞他解决了农场吃菜的难题，立了功。场长说过去有污点不可怕，改正了就是新人就是好同志，现在你是西戈壁农场的正式职工，又是大知识分子，要发挥自己的聪明才智，为农场的开发建设做贡献，我看就凭你能种出这么好的菜，今年农场评"五好职工"不能把你落下。场长的一席话令张镭大受感动，不停地用手绢擦眼镜片。

张镭到蔬菜班虽然工分收入不高，但他的口袋里却不缺钱花，原因是他有几个亲戚在英国和加拿大等国开公司，生意做得还不错。虽然他判刑后被留在新疆，但逢年过节他在国外的亲戚还没忘记他，都会给他寄些钱物，在那个各类物资都相对缺乏和紧张的年月，张镭在生活上过得可以说是蛮不错的。

因为张镭是个一人吃饱全家不饿的角色，所以蔬菜班除班长外，张镭其实就是一个具体操心的人，每天无论早晚，都要围着菜地转悠，一年四季可以说菜地就是他的家。远离连队对张镭来说并不是什么坏事，他这个人原本就爱清静，蔬菜班的人下班各自回家之后，就剩月亮和星星陪伴他，张镭觉得这份安静很难得。判刑前害怕新疆，成了西戈壁的一员后不知不觉爱上了这个地方。真应了那句话——哪里黄土不埋人。然而使张镭没有想到的是，因为他独自看守菜地，也才有了他在队部上的第一次敲钟。

那是20世纪50年代末一年的10月底，菜园里的时令蔬菜经过一场霜露之后已基本被拾拣干净，地里剩下的是不怕霜冻的雪里蕻、莲花白等连队冬季菜窖所需储备的冬菜，菜园罢园后蔬菜班的许多人被连队抽调到大场（堆放粮食的地方）上干活，剩下张镭一人将那些豆角、黄瓜、西红柿的架杆从地里拔出来，用架子车拉回他住所门前，堆放整齐以便来年再用，这天他从早晨忙到接近中午才将一块豆角地的架杆收拾完拉回他住的房子，可他刚走到用红柳和铃铛刺编织的篱笆门前时，突然听到房内传来扑腾扑腾的声音，张镭记得很清楚出门前篱笆门被自己随手上了锁。张镭当年就是因为撬档案柜的锁才被判了刑，自此以后他这个人对锁就有了特殊的敏感，虽然西戈壁连队除了连队办公室和库房外很少有人家锁门，可对张镭这个从大上海过来的人来说，他认为房屋只有上了锁才属于他的私

人领地，也只有上了锁才安全。所以尽管房门是用红柳和铃铛刺编的，但张镭自从搬过来住后便专门找了几根铁丝拧成环以便锁门之用，而为了使这个所谓的"门"更加坚固，张镭在篱笆门的两边用铁丝又加固了一层梭梭，可谓结实得不能再结实。连队职工有的来菜园买菜，看见这门不由得嘲笑，在这人都可以数过来的地方，有必要修这么牢固的门吗？这西戈壁谁家每年挣多少工分，连队的墙上贴着呢，还怕贼惦记？心里这样想但嘴上未必说出来，有的人不知是赞美还是讥讽，边拍着篱笆门边啧啧道，这门结实得就是头牛也休想撞开。好在张镭对这些言语平时也都听惯了，这耳朵进那耳朵就出了，换句话也可以说是置之不理。

　　张镭见门锁依旧完好，心里好生奇怪，既然门被上锁屋里怎么会有响声？他没有急于开门，而是顺着篱笆门的缝隙向屋内张望，由于张镭的眼睛近视，再加之屋外面阳光灿烂而屋内没有窗户，唯一透亮的地方就是房顶处留的四五十厘米大的洞当作天窗之用。白天在屋内时张镭会把门大开，阳光从门里涌进来，屋内什么都可看清楚，可只要关了门，屋内一下子就会暗下来。张镭脸贴着透过的空隙朝屋内瞧了足足有2分钟，发现原来屋内有一条身长1米多的大灰狗，刚才那扑腾扑腾的声音是那只大狗在屋内上蹿下跳而引起的。原来是一条狗啊。张镭心想，这条狗是如何进屋子里的呢？这时那条狗冲着屋顶的洞口又跳了起来，张镭明白了，这狗原来是从屋顶的洞口跳下去的。可这条狗为什么无缘无故地要跳进屋子呢？张镭一时也想不通这个问题，正在这时门前几团兔毛使张镭一下子明白了事情的原委。原来前一天傍晚，连队的一个哈萨克族巴郎子用鹰抓了一只兔子送给了张镭，张镭非常高兴，当即将那野兔收拾利索下锅焖烧，因那野兔有2公斤多重，张镭仅吃了一半，剩下的在盆里放着呢，大概是这条狗嗅到了野兔的香味了，便跳进了张镭的屋子。想到这里张镭正要打开屋门将那条狗放出去，可这时狗正好转身和他打了个正面，这狗好像此时发现有人在窥视它，"嗷"的一声便向篱笆门扑来，它的两个爪子趴在篱笆门上，拼命扒拉，那颗硕大的脑袋也冲着门缝隙猛抵过来。幸亏篱笆被张镭用粗壮结实的梭梭加固，并被铁丝拦腰缠绕了好几道，否则的话很可能被这凶暴的家伙迎头撞开。和狗打了个正面的张镭这时才大吃一惊，这哪里是什么狗呀，瞪着仇恨的眼睛，龇露出尖亮的牙齿。这不是狗而是一只狼！一只在西戈壁很少能见到的超大个头的狼！在西戈壁转悠的狼被称为"沙漠狼"，它个头矮小，主要以捕食野兔、黄羊为生，在连队大田地干活的人常遇到这种狼，这种狼属于那种身体力量较弱的，对人的攻击性不强，如果人和狼一对一搏斗，狼很少能占到便宜，在西戈壁农场的连队经常有人打沙漠狼。打死沙漠狼最主要的目的是用狼皮做褥子，因为地窝子潮湿，狼皮可以隔潮保暖，这也是当地哈萨克族牧民传授的。在张镭发现狼的同时狼也发现了他，狼变得更加焦躁不安号叫着不停地扑向篱笆门，或许它清楚今天想要从这屋子里逃出去，篱笆门是唯一的逃生之道，可惜的是这篱笆门结实如墙，狼冲撞了几次也仅仅是爪子尖能从缝隙里伸出，连条狼腿也伸不出来。倒是作为门框的两根胡杨木被冲撞得忽闪忽闪、前后摇摆不停。张镭从看见这只狼的第一眼起，他就清楚凭借自己一个人是无法对付这条狼的，他也不敢开门，如果开门之后狼不是逃离而是吃掉送上门的"肉"，那可真是自找死路。张镭越想越害怕，就一溜烟地跑到连队部门前，对着挂起的坎土曼就敲了起来，当时正是秋收之季，连队恨不得把一人当作两人用，没有闲人在连队转悠。急促的钟声引来了连队在各处干活的职工，大家纷纷跑向队部。连长也浑身淋着泥水急忙从地里赶了过来。当张镭惊慌失措地告诉大家说是有只狼跳进自己住的屋子时，连长说，那正好啊，打死了狼，你冬天可不就有过冬的狼褥子了。张镭连连摆手用上海话说，阿拉不是那狼大王的对手，那只狼可不是普通的狼，凶狠着呢。经历过战场生死考验的连长没流露出一点儿畏惧之色，他招呼围过来的几个职工，让他们拿着铁锹、镰刀、铁杈等直奔张镭住的房子。到了张镭的房子，只见那个牢固的篱笆门已被狼撕咬出了一个拳头大的洞，狼的嘴不停在洞口撕咬，由于梭梭、红柳、铃铛刺十分坚硬，致使狼的嘴巴上血迹斑斑。如果连长他们来晚一会儿，或许这狼真可以将这篱笆门弄出个大洞逃之夭夭。见房屋外一下子有了许多人，这狼也分明感觉到了危险的逼近，不再啃咬篱笆门而是躲在屋角。连长对付狼有经验，他没有从狼啃咬的洞口朝屋内观望，以防狼的突然袭击，而是从门锁的缝隙处朝里瞧，这一瞧也使这个天不怕地不怕的老兵心里打了个冷战，他原以为这只是在西戈壁四处流浪的人们常见的沙漠狼，可眼前的这只狼身材高大，体长足足是沙漠狼的2倍，怪不得张镭说害怕，就这种狼的凶残样，不要说张镭这样一个上海来的知识分子，就是自己这样经过枪林弹雨的人，怕也不是对手。如何捉到这条狼让连长犯了愁，打开篱笆门进去显然不行，虽然职工手里拿着家伙，但如果狼猛扑过来，谁也不敢保证是狼咬伤人，还是人手中的家伙能刺中狼，而且篱笆门的缝隙使铁钗无法伸进屋内刺杀狼。从门进去显然不行，连长便顺着梯子爬上屋顶，从屋顶的窗口用铁钗朝眯着眼睛趴在屋角的狼猛戳，可这条狼十分狡猾，你戳东它跑西，你戳南它跑北。冷不丁它还蹦起1米高对着天窗外拿铁钗的人号叫几声，有个职工见狼瞪着血红的眼睛朝上蹿，吓得一下铁钗没拿住掉进了屋内，气得连长朝那个职工大骂"胆小鬼""窝囊废"。连长觉得靠一把铁钗有问题，便集中几把铁钗同时向狼戳去，狼见对手改变方式也就不再朝天窗处蹦跳，而是将身子蜷缩在墙者晃，因为经过刚才的试探，狼也清楚，那些戳它的铁钗长度够不到它卧趴的位置，狼也就可放心地喘口气考虑下一步如何能逃得出屋去。

连长从刚才狼蹦跳的高度就确定这是只生活在天山深处的草原狼，这种狼不要说大的牲畜牛和马，就是天山雪豹见了它都要忍让几分，可见其凶残程度。按常理草原狼应该生活在离西戈壁上百公里外的高山牧场，不知是何原因流落到此处。或许这就是这条狼的命，因为无意踏入西戈壁也就注定它的生命要埋葬于此（在那个年月，打死狼还被称为英雄，没有保护动物一说）。张镭此时也爬上屋顶，他问连长怎么办。而连长从窗口边爬了起来，问张镭有什么办法。张镭摇摇头说，连长你可真会开玩笑，打狼这个活可不是阿拉这样的人能想出办法来的呀，得靠你这个打过仗的英雄啊。连长站在房顶向四处瞅瞅，也没有想出什么好办法，最后当他的眼光落在张镭这几天用架子车拉回的那些架杆时，脑子里便有了主意，他对张镭说看来这土坯子你是住不成了，今天对付这条狼只有用火攻了。张镭说，那这房屋烧塌了怎么办，阿拉到哪儿去安家？连长笑笑说连队在东干大渠旁盖了几幢墙基是砖房檐也是砖的房子，那可是西戈壁建场以来最好的房子，原本就没考虑给你分一间，现在为了把这条狼打死，如果你这房屋烧塌了，我决定给你分一间新房。能住上东干大渠旁的新房，是连队多少人都眼巴巴盼的事，有些着急的职工在新房挖地基时每天都在工地扳着指头算交工的时间，扳着指头算自己能否从地窝子或土坯子房中搬过去，不曾想还没轮到连队开大会讨论分房方案，连长竟然将那么好的房子许愿给了一个劳改释放犯，让这个"坏分子"尝了鲜，来打狼的职工听了连长的话有的开始愤愤不平。

　　心里有怨气但狼不能不打，到场的职工被连长喊着将堆放在一起的架杆在篱笆门处堆满，连屋顶的天窗也被架杆盖得严严实实。当屋内已经看不到外面的一丝亮光时，那只狼大概觉得身临绝境了，号叫着拼命向篱笆门猛撞，使门框摇摇晃晃随时都有撞断的危险。连长命令拿着铁钗的职工守住门框两边，随手抓了一把干芦苇当引柴，把火点了起来。那些架杆原来经过一个夏天阳光的暴晒早就已经没有一点儿潮气，遇到火苗后瞬间就熊熊燃烧起来，"关门打狼"这个话用在此时真正是名副其实。尽管狼在屋内狂吼乱叫撞墙撞门，但在大火面前一切都显得徒劳，它也曾想越过火海而逃，可是还没等它跳起靠近火堆，几把尖利的铁钗就向它刺去，而从它撕心裂肺的号叫声中可以感觉到它被刺中了，有几把铁钗已经使它受了重伤，那种临死前的凄惨哀号声由大到小，直到最后再无声息。架杆大火

足足烧了有半个多小时，那原被当作后墙的土坪子受不了屋顶大火的熊熊燃烧，最后在屋顶被火烧断大梁后，整个房屋"轰"的一声坍塌了，那厚厚的泥土将张镭赖以生存的一切都彻底埋起来了。

张镭在坍塌的土坪子旁跺着脚说，阿拉吃饭的睡觉的家什儿都没有了，这该死的狼啊，你跑到哪儿不行，非要跑到阿拉这里作孽啊。连长见张镭那副怨天怨地的表情觉得又好气又好笑，便说要怨只能怨这只狼太凶了，你无福享受狼褥子的温暖了，不过对这只狼来说能埋在这也算它最好的归宿了，至少没有像我们西戈壁的狼被打死后还要被剥皮抛尸野外。

说来也奇怪，虽然草原狼被烧死后，西戈壁仍有狼出没，但此后在菜园子和连队居民区周围再也没有见过狼的踪影。土坪子房屋坍塌后张镭当年也并未搬到连长好心为他争取到的东干大渠的新房，他把蔬菜班原来的库房收拾了一间当作新家。连长见张镭执意不肯搬到新房便重新为他配备了锅碗盆桶和床上用品，当然最主要的是连队还将他的篱笆门彻底换上了厚厚的木板门。为了使张镭能够再遇到狼时有能力保护自己，连长还特意给张镭配备了一把锋利的铁钗。连长表扬张镭说你这次钟敲得好，场长听到我们打死了这么大一条狼，说要对你进行表彰嘉奖呢。

张镭在西戈壁生活了40多年，其中有20多年是在菜园子里度过的。直到20世纪90年代末，他活到90多岁才无疾而终。说来他退休后应该回上海安度晚年的，他的一双儿女长大后事业有成，也多次从上海来这里劝他回去，但他怎么也不愿离开西戈壁，他说在西戈壁几十年了，已经习惯西戈壁土地的味道了，死了也就埋在这里，让他和西戈壁融为一体。令所有人没有想到的是，张镭临死时向西戈壁农场学校捐了50万元，要知道在20世纪90年代每个退休职工每月只有几百元工资的情况下那可是一笔巨款。张镭说这是他这些年的退休金和国内外亲戚逢年过节寄给他的，还有一些是他的一双儿女多年来孝敬他的零花钱，他都没有舍得花，他要将这些钱都留给农场的孩子们，改善一下他们的学习条件。张镭说完这句话就闭上了眼睛。后来西戈壁农场就将这笔捐款设立了"张镭奖学金"。

坎土曼的钟声在西戈壁农场垦荒初期对付狼的确起到了一定的震慑作用，见连队以坎土曼通知人方便，居住在邓家沟边的几户哈萨克族牧民畜群由于也经常受到狼的袭扰，而且袭扰畜群的狼往往不仅有单个独行的，很多的时候是五六条一起组成狼群，牧民的居住点远离连队，遇到多条狼夜晚围着羊圈进行攻击，不敢走出房子与狼搏斗。哈萨克族牧民用来当钟的不仅有坎土曼，还有铁锹、锄头等铁器，因为夜晚敲击铁器时会冒出许多的火花，单个狼听到敲击声和闪烁的火花会恋恋不舍地溜之大吉。如果牧民敲击铁器的声音长久不停顿，连长就像预知敌情那样迅速地带领职工拿着铁锹、铁钗、棍棒、扁担等工具奔向牧民畜圈的方向。再凶狠的狼群见远处的人群拿着火把、手电筒、拎着马灯，大声呼喊着急驰而来，也只好对天干嚎几声仓皇而逃。牧民的畜群在经历连队职工这种多次同仇敌忾齐上阵的保护之后，西戈壁农场狼袭畜群的发生频率大大降低了。当然每次连队职工去牧民畜圈打狼，牧民家少不了煮上几大壶滚烫的奶茶，端上包尔沙克（油果子）、酸奶疙瘩等哈萨克族食品让大家品尝以表示感谢，而每年到古尔邦节牧民都会宰上几只羊请全连的职工到毡房做客。

又过了几年，随着农场生产条件的逐步改善，农场开荒种地用上了拖拉机，这样也就大大提高了生产效率从而减轻了职工的劳动强度。因为有了拖拉机，被当作钟敲了好多年的坎土曼被铧犁代替。为什么用铧犁？这是因为铧犁不仅比坎土曼体积大，而且也更加厚重，敲打出来的声音能传播得更久远也更好听。铧犁还有一个最好的特点是，它本身就带着4个拧螺丝的孔，只要将铁丝拴在第一个孔上，上下悬挂也方便。这时候不仅铧犁替代了坎土曼，就是悬挂铧犁的地址也由渠西边的地窝子搬入东干大渠自流井旁那片榆树林带。连队的大部分职工也都由渠西边的地窝子搬到了渠东边新的职工住宅区，新住宅区盖的房子相比地窝子来说就一个字——"阔"。连队队部也搬到了新住宅区，而且占了整整一长排房子，除了有会议室，连长、指导员的办公室外，还新成立了医务室，财务室，建起了零售商店。总之现在的连队看起来算是有点模样了。更可喜的是人们的精神状态有了变化，不少单身职工怀揣着几年积攒下来的钞票扬眉吐气地跑回家乡去，再回西戈壁时就领着一个水灵灵的大姑娘说是自己新娶的媳妇。那些日子，新婚的鞭炮声会不时地在西戈壁噼噼啪啪响上一阵。

因为生活条件的改善，铮犁的钟声在此时作用也越加凸显。

场部的电影队来放电影，文艺宣传队来表演节目，县城百货公司的来卖东西；最多的是连队分配各类冬菜、肉、粉条、酒等生活必需品都会敲起钟来。甚至外地来个耍猴的、唱戏的、嘣爆玉米花的也都会有人敲钟。当然在"文化大革命"时期钟声越发地频繁，这个派那个派要夺权都要敲钟召开职工大会，开始职工还觉得挺新鲜，但时间长了职工相互打听，一听是"夺权"的会也就懒得去了，能躲则躲实在没有理由就称自己身体不舒服下不了床。

当然，尽管连队定下制度并三番五次地在职工大会上提出，不能因为自己的私事而敲钟，违者将受到处罚（诸如扣工分等），但连队还是有些人碰到憋屈的事或者觉得唯有敲钟才能让大家伙儿给主持公道论个高低也会敲钟。

连队有个叫秀枝的寡妇就在一个小麦灌冬水的深秋半夜敲了次钟，她这次敲钟使连队里那些对她有歪主意的男人既恨又怕，也可以说秀枝的那次敲钟使那些对她曾有图谋不轨想法的男人彻底断了招惹她的念头。

秀枝的家乡原在四川省的苍溪，那是一个山清水秀的地方，可在那个年月由于各种禁锢，秀枝家几亩薄地打下的粮食还不够自家人的口粮，更不要说有什么赚钱的门道。那时候秀枝的一个远房表姐春梅早在几年前嫁到了西戈壁农场，每次回到家乡时大包小包拎了许多吃的穿的用的东西很招村里人的羡慕。说起秀枝的表姐春梅嫁到西戈壁还有一段笑话。春梅嫁的人姓宋，名叫宋明远。这宋明远原是西戈壁农场黄场长的通讯员，是黄场长打完兰州战役后招的学生兵，当时初中刚毕业也算是知识分子了，而且这人也长得清秀机灵。这黄场长当年是在苍溪参加的红军，虽然识字不多但却非常喜欢有文化的人。当他所属的这支部队集体转业他成了西戈壁农场的场长后，他决定回家乡探望父母，顺便把这宋明远也一起带了回来。黄场长此时应该说是荣归故里，免不了到处走走转转，家乡人民对这位远在新疆九死一生的英雄也非常崇敬和爱戴。这宋明远也算沾了黄场长的光，一身崭新的军装虽然没戴领章和帽徽，但挎在身上的盒子枪那可是真的，不掺一点儿假（那时农场场长、政委还允许配枪）。凭着这英武模样宋明远打动了与黄场长家同在一个村子的姑娘春梅，春梅当时在村子里给孩子带课，不过宋明远没有告诉春梅他只是黄场长的警卫员，而是说自己是西戈壁农场的宋主任。春梅见宋明远人长得精干又有文化自然芳心暗许。宋明远当初与春梅相识可能也并未真心要娶春梅，只是感情爆发如火焰，两人逮着机会就眉目传情。情窦初开的他把这份感情或许当成一段美丽的邂逅，探亲假结束后他就随黄场长回到了西戈壁，至于给春梅所许下的海誓山盟早已随着古尔班通古特的凛风不知刮到哪个冬窝子去了。让宋明远没有想到的是第二年春天，春梅拿着公社开的婚姻介绍信，千辛万苦地找到西戈壁农场来了，而且到农场机关还四处打听那个眉清目秀的办公室宋主任。西戈壁农场机关不大也就几十个人，人们说这里没有宋主任春梅急得要哭了，这一个大活人怎么可能说没有就没有了，她说宋主任去年还跟黄场长到我们家乡那疙瘩去过。人们听到这里才明白，那个宋明远给姑娘吹牛了，一个场长的通讯员被他自己吹成了主任。不过虽然这海口夸得有点大，但硬是把一个水灵灵的大姑娘哄骗到了西戈壁也算宋明远的真本事。这宋明远当时正随黄场长在一个分场检查工作，机关有人把春梅来的消息悄悄打电话告诉了他，他一听脸都吓白了，知道这牛皮吹得大过了天了，骑在马上随黄场长一路回到场部一言不发，不时抬头偷看黄场长的脸色。黄场长回到场部后，通讯员就将春梅直接领到他的办公室，他听完

家乡妹子春梅的话说，你别着急宋明远不是告诉你他是宋主任吗？这好办明天我就让他成为真正的宋主任。于是场部一纸命令让通讯员宋明远成为我们四连仓库保管主任。这宋明远虽说离开了场部机关，但也可以说是因祸得福，吹牛皮不仅吹来个漂亮的媳妇，而且把自己吹成了干部（通讯员为职工身份，仓库主任是"以工代干"），这可是宋明远当初怎么也未想到的。不过话说回来这是黄场长不愿看到家乡妹子抹眼泪、受委屈的"以权谋私"。新婚之夜宋明远搂着春梅说，宝贝，我现在的一切都是你给我带来的，今生今世我都要好好感谢你，等着吧我一定要成为西戈壁农场的办公室主任，让你真正成为主任夫人。春梅笑着说你继续吹吧，有能耐你来让我成为场长夫人，也不枉哄骗我一场。宋明远说你等着，就冲你这句话这个场长夫人的目标一定要实现（20多年后宋明远还真成了西戈壁农场场长，不过这都是后话了）。

春梅嫁给了宋明远，生活有了一片新天地，农场为春梅补办了劳资手续，正巧四连要成立托儿所，春梅在家乡还当过代课老师，这样她就顺理成章地成了托儿所的阿姨，来西戈壁未参加一天大田地里的劳动就捡了这样一个轻松的工作，就如那句话说的来得早不如来得巧，虽然西戈壁农场不如她想象的那般富有，但生活条件比家乡好多了，小两口日子过得倒也恩爱甜蜜。因为西戈壁农场职工的收入在那个年月是每年末兑现，再加之有钱也花不出去，这样每个职工到年底时都会有些积蓄。而春梅又特别顾家，逢年过节都会往家里寄些钱，这样村里人都非常眼红，认为春梅嫁到了好地方，嫁给了好人家，许多村里人还以春梅为榜样教训家里的女娃子。

秀枝在家里排行老大，下面还有3个弟妹，为了减轻家里的负担，也为秀枝能嫁个如表姐春梅那样的人家，秀枝妈拉下老脸求春梅带上秀枝去新疆。这时候的西戈壁农场经过10多年的发展有了一定的改观，但缺这缺那的依旧很多，可唯一不缺的就是男人。既然带秀枝来到西戈壁，春梅觉得不能委屈了秀枝，要找一个她能看上的男人，当然最好是干部。有时候人不相信缘分不行，就在春梅寻思为秀枝找什么样人的时候，我们四连来了一个南京农学院毕业的大学生，而这个大学生宋明远还认识，2年前在农场生产科当技术员，要将秀枝嫁给这样的人那可真是打着灯笼都难找的啊。

　　这技术员名叫崔强。按理说像崔技术员这样从农学院毕业的在西戈壁农场都是"宝贝"，几乎全部安排在场机关工作，下到连队一线的技术员大都是本地院校毕业，或在师农业处培训过一年半载的。从待遇上来讲农场机关的工资要比连队高，辛苦程度却没有连队大，连队的技术员都一门心思地想调到场部科室，如果有人从场部科室下放到连队那一准是犯了什么错误或受了什么处分。如果说要从解决个人的婚姻问题来讲，场部机关工作的更有优势。其实像崔强这样的条件是不愁找不到媳妇的，关键的原因是崔强是个情种，西戈壁的女人他没有能瞧上眼的。崔强大学毕业原本没有分到这里，可他在大学里谈的女朋友却被分配到了新疆，为了爱情他从江南的金陵一路追着女朋友的足迹来到了西戈壁农场。可两人在西戈壁农场待了一年多，女朋友受不住这粗暴的阳光和满眼的荒凉，但凭自身的条件她又无法离开和逃避，后来以牺牲爱情为代价，嫁给了能帮助她离开西戈壁的人。崔强直到收到女朋友的一封愧疚信才知道事情的原委，信没看完他就把那封信撕得粉碎，从来不沾酒的他那晚拎着酒瓶子喝了个大醉，从此酒成了崔强不离不弃的朋友，因为经常酗酒上下班迟到早退，从某种方面来说已经严重影响了工作。农场党委从爱惜人才的角度认为不能由着这个年轻人这样混下去，必须给他下"猛药"，他才能从爱情中清醒过来。或许给他换下环境，就不会纠结于过去，于是便将他从农场的生产科下放到第一线的生产连队，让田野的风吹醒他无法自拔的脑袋。你可别说，人换了环境确实可以改变很多，虽然到了连队后崔强酒还是喜欢喝，但一天到晚在庄稼地里忙活使他忘记了很多，而且就是从这些庄稼的生长

过程使他感受到了人生意义的存在，庄稼尚能知恩回报，何况人呢？既然来世上走一遭就不能虚度自己的青春年华。别看连队职工种地一个不服一个，相互吹牛说自己是种了多少年的老把式，可他们那些引以为豪的经验在崔强这里成了老皇历。因为在西戈壁连队种庄稼和过去内地农村种庄稼完全是两回事，在家乡每家就是几亩，最多也就是二三十亩地，可在这全是好几百亩的大条田，甚至一眼望不到边的几千亩的大条田也有，再用过去的方式种植管理人，岂不要累死，种地也要讲科学。对崔强所说的种植方式连队职工都很服气，因为事实摆在那儿，自崔强来到连队进行田间管理技术指导后，我们连队种植的各种农作物单产都要比其他连队高出20%以上。每年年终总结大会，连长上台领奖总会咧开抑制不住的大嘴笑得满脸灿烂，晚上会跟崔技术员喝得大醉方能尽兴。

能为秀枝找到崔技术员这样一个人春梅觉得很对得起秀枝，她没有辜负秀枝母亲的重托。但就崔技术员而言为什么喜欢秀枝，秀枝身上有何魔力魅住了他这是别人始终搞不明白的地方。因为崔强作为西戈壁的知识分子即便和女朋友分手，但如果他想挑选的话，西戈壁可供他挑选女朋友的空间还是蛮大的，像学校的教师、医院的医生、护士，这都是西戈壁的"花儿"最为集中的地方，更主要的是这些人都有干部身份，自然各方面条件都要比连队职工高出一截，而作为拥有1万多人的西戈壁农场，有干部身份的也就不到200人，相互之间通过各种渠道都有了解，应该说是比较容易"拉郎配"的。崔技术员有女朋友时别人还不好插足，当女朋友弃他而去，场部机关有几个女孩子觉得机会来了，对崔技术员还是有所表示，但崔技术员这边没反应，女孩子是剃头挑子一头热，虽然嘴上骂崔技术员是块戈壁滩上的榆木疙瘩，但终究还不想失去这份姻缘，便托人牵线将事情挑明，无奈那时崔强的心刚被爱情的匕首捅过，伤口还流着血，自然没心情再一次经受折磨，使得对他很有那么一些感觉的女孩子把敞开的心扉又都关上了。在心里不由得恨恨地骂一句，这个不开窍的东西，你就在一棵树上吊死吧。

正当人们以为崔强会为那份初恋不能自拔难以忘却的时候，不曾想他遇到了秀枝。连队那时节办公室不够宽敞，都是几个人在一间屋子，虽然秀枝的表姐夫宋明远管着连队的库房被称为"宋主任"，但这宋主任也只好和崔强挤在一起办公，好在崔强大部分时间都在连队的田间地头，很少在办公室，所以办公室宋明远几乎是独占。但连队干部开会时宋明远和崔强还是会低头不见抬头见，春梅春节探亲回来时就将秀枝带到了西戈壁，她给宋明远下了命令，要他找个合适的人把秀枝嫁了。宋明远说要嫁人容易，西戈壁光棍汉有的是。春梅撇着嘴说，我家秀枝这么漂亮，是一朵正当打着蕾的花，那些下大田的不行，要嫁也得嫁个干部。宋明远说秀枝貌相没得说，就是比你也要俊，可话说回来秀枝没多少文化，现在是个投亲靠友的人，连个西戈壁农场正式职工都不是，你让我一下子到哪儿去找个如意郎君？那段时间宋明远每天晚上都躺在床上望着屋顶的房梁上的蜘蛛网犯愁，他把他所认识的农场未结婚的年轻干部像过筛子一样在脑海里筛了好几遍，也没能寻思到能配上秀枝的男人。时间一晃就到了西戈壁的春天，等4月下旬落第一场春雨的日子，他在办公室和崔强面对面坐着有话无话闲聊时，突然一拍脑袋，这真是踏破铁鞋无觅处，得来全不费功夫，眼前这位不正合适吗？崔强过去在场部机关当过那么些年的通讯员，对崔强的爱情遭遇也早有所闻，只是让崔强这个名牌大学生娶自己的小姨子宋明远心里并无把握。那日见办公室窗外雨下个不停，宋明远脑子灵光一闪，他邀请崔强到自己家里坐坐喝上两杯。一听有酒可喝崔强顿时两眼放光，而且崔强知道每年西戈壁第一场雨最少也要下个两天两夜，下雨天职工们可以聚在一起打打扑克，老乡们相互串串门聊聊天，而对于单身小伙子来说这个时间除看看书外就是闷头睡觉。所以接到宋明远这个邀请，崔强连客气的话都没说马上应承下来，那日春梅得知宋明远邀请崔强来家吃饭的用意后，在厨房内好一阵忙活，并让毫不知情的秀枝给两个男人端菜

倒酒。不知是因为酒好、菜好，还是因为秀枝长得美丽，自此后崔强借着连队食堂伙食不好，隔三岔五地主动到宋明远家蹭饭，在每次饭饱酒足的微醺中，宋明远和春梅无疑起了红娘的作用，秀枝那年刚满18岁，犹如家乡的山茶花，醇香纯净青翠欲滴，在崔强眼里那就是天外飘来的仙女，是一汪清凌凌的溪水。秀枝的一颦一笑甚至腰后甩的长辫子，都把崔强的心给扰得痒痒得像被什么东西抓的一样。也可以说自从第一次在宋明远的家中见到秀枝第一眼起崔强就开始夜不能寐，只要一闲下来眼前不停晃动的都是秀枝的影子，以至于到后来即便是宋明远不邀请，崔强也会下班后找个借口到他家中。

表姐和表姐夫第一次请崔强到家中喝酒秀枝并未放到心上去，可随着崔强次数来的增多和望见她的那种说不出的神色，秀枝不用点拨就明白了其中的意思。2个月后春梅见秀枝对崔强并无反感也对秀枝挑明了。秀枝春节后随表姐春梅来到西戈壁她就知道自己的命从此要和这片土地连在一起了，她知道要活得好首要任务是要把自己嫁出去，她不能长期住在表姐家吃闲饭。这样一是能减轻家里的负担；二是还能在经济上给父母一些补贴。但来到西戈壁几个月后，她也亲眼见到了这里职工劳动的辛苦程度，论自然环境这里远不如家乡，连绿色也都要庄稼长起来后才能显现。春梅每次探亲回家时表现出的鲜亮，其实很大一部分是表现给父母和家乡人看的，看着花钱大方那也是省吃俭用换来的，有时为了探亲长脸还得借点债，但有一点儿秀枝对西戈壁特别满意，那就是虽然伙食不是很好，但可以吃饱饭，不论是粗粮还是细粮不会让人饿着。想想表姐秀枝不由感叹表姐的命可真是好啊，嫁了个坐办公室的干部，风吹不着雨淋不着的，可让她没有想到的是她的命比表姐的还要好，这崔强可是一个真正的有文化的大学生，肚子里装着好多的学问。所以当表姐春梅问她意下如何时她没有犹豫地就点了头。

得知崔强在连队要娶媳妇，黄场长骑着马从场部一溜烟地直奔四队，他没有走大路而是翻过流着水的邓家沟，虽然有5公里的路途也就抽一支莫合烟的工夫就来到了连队。见了崔强，黄场长是又高兴又生气。高兴的是崔强这个年轻人的心结终于打开了，就是嘛，天涯何处无芳草啊？生气的是如果他和秀枝结婚，以后的家只有安在四队了，暂时不能回农场生产科了。黄场长原意是把崔强放在连队锻炼，改掉喝酒的毛病再回生产科工作，从战争年代走过来的黄场长深知这些大学生可是农场的宝贝疙瘩，西戈壁今后要大发展可离不开这些人才。毛主席他老人家都说过青年是早晨八九点钟的太阳，未来是属于你们的。黄场长那天在连队为崔强和秀枝举办的婚宴上喝得面红耳赤，在喝了崔强和秀枝的敬酒之后用在部队当团长时的口吻说，我命令你们要为西戈壁早添贵子，快快培养出无产阶级革命事业接班人。

这秀枝和崔强也真没有辜负黄场长的祝愿，结婚第二年就有了个儿子，一家三口小日子过得有滋有味，令人好生羡慕。秀枝在成为崔强的老婆之后经黄场长特批很快成为农场的正式职工，连队为了照顾崔强这个知识分子，没让秀枝下大田地而直接将她安排在连队的炊事班工作。这种幸福生活让秀枝感到特别的甜蜜和惬意，她的脸上充满了灿烂的阳光，有时候晚上睡觉醒来看着睡在她身旁的崔强，她觉得老天爷真的很眷顾她，给她送来了这么一位有那么多文化、懂得那么多知识的人。上学时秀枝曾对教过她语文的一个戴眼镜的班主任特别崇拜，她认为戴眼镜的人都有大学问，知识也特别丰富，没想到自己这辈子还能有这么好的福气，嫁了个比戴眼镜班主任不知懂多少知识的人，她在心里想如果班主任是家乡的一条小河，那么崔强脑子里装的学问就是大海。秀枝在生了第一个孩子后的当年春节带着崔强回了一趟家乡，那次回乡秀枝充满了自豪感。在家里人的眼中秀枝好像成了"功臣"，每每听到别人夸赞自己，秀枝心里不由自主地想起了表姐，如果不是表姐将自己带出山村，她不知今生自己会嫁到哪里，种庄稼一年收成不好还有来年，嫁人可是一辈子的事。那次她跟崔强

也是大包小包地拎着好多的东西回的家，招惹得左邻右舍不停地夸秀枝母亲有眼光，夸秀枝好有福气，那些流露出的目光各不相同，除了羡慕之外，也不缺乏妒忌的成分，因为崔强可是一个名副其实的"公家人"。可以说秀枝此次回家的风头足足盖过了表姐春梅的回乡场景。但是秀枝还是非常谦逊地对别人说，表姐和表姐夫在西戈壁可是"能人"，要不她能"混"得这般鲜亮？在秀枝回家乡探亲前，表姐对秀枝特别交代过，不要将她表姐夫宋明远的"宋主任"故事说出去，别人晓得会笑话呢。秀枝对表姐说放心吧，我再傻也不会拿自家的事让别人寒碜吧，再说你和表姐夫是我的大恩人呢。表姐说知道你这丫头吃水不忘挖井人。

秀枝和崔强恩爱有加，两人也正当花儿灿烂之时，在属于自己的土地上快乐地耕耘，也就几年工夫，秀枝这块土地便硕果累累，在头胎儿子之后，不到2年又生下一双龙凤胎，乐得崔强像匹草原上的马，整天趴在床上让几个孩子在身上骑来骑去，爬上爬下。黄场长得知崔强几年工夫便有3个孩子后，有一天在检查麦地抽穗情况时说，小崔你这个培养接班人的事，质量和速度都非常好，但是你小子也不能光在媳妇的小土地上劳作，也要在我们西戈壁的大土地上创造出业绩。见崔强有些不明白地看着自己，黄场长顺手递给崔强一支烟，自己也点燃一支后说，咱们西戈壁农场东吐鲁番、哈密等地种棉花历史早了，中华人民共和国成立前有的地方就种植了，但西边的石河子、奎屯等垦区近几年也开始大面始种植了，我想西戈壁与西边垦区同属一个纬度，光照时间也差不多，既然那样我们是不是也可以试种一下，如果成功就可大面积推广，棉花经济效益可是粮食作物的好几倍呢。崔强回答说理论上没有问题，而且由于西戈壁的土地是围绕着古尔班通古特沙漠边缘开垦的，尽管冬季寒冷，但夏季也非常炎热，我测算过光照时间和平均积温，虽然生长期稍晚个10余天，棉桃届时可能不会全部开放，但还是会有一定产量的，可以有把握地说只要播种及时无早霜应该有所收获。黄场长握着崔强的手说，小崔那西戈壁农场试种棉花的事就交给你了，就从你们四连开始，先弄上2个条田1000亩地做试验。崔强给黄场长敬了个礼说，请场长放心我一定勤奋学习，不辜负农场的重托，让这块沙漠上的绿洲不仅能生长出好小麦，也能长出雪白的棉花。黄场长拍拍崔强的肩膀说，希望成功但允许失败，失败是成功之母，你就放心大胆地去干吧。

可就是因为西戈壁农场试种棉花，崔强去石河子拉棉种时发生了意外离开了秀枝和孩子。

那是第二年开春，崔强带领连队的几个职工到200公里外兵团农八师的一个团场去拉棉种，那时节除了312国道上铺了戈壁石外其余的道路都是土路，团场和乡村之间都是简易公路，有的地方甚至连路基都没有。由于刚开春，车辆在上面行驶挤压形成了很多的坑洼，坑洼白天太阳出来里面是积水，到了夜晚温度降低又冻成了冰。可以说车辆行走如在路面上跳舞，不停地左扭右斜。拉棉种的车是场部农机站的一辆55型铁牛轮式拖拉机，车头与车厢之间是由牵引架所相连，车头与车身就不是一个整体，糟糕的路况更使拖拉机车头与车厢之间摇摆不定，崔强坐在棉种袋子上，两手死死抓住车厢板，生怕一不留神会从车厢中颠甩出去。当拖拉机爬过玛纳斯河上的一座大桥时，有一条装棉种的麻袋在惯性下滑时眼看要跌落车厢外，离麻袋最近的崔强急忙伸手去抓麻袋，可装了种子的麻袋太沉重，往下坠滑的速度又太快，眨眼之间崔强连同麻袋一起从车厢跌落下去，由于是从车厢牵引架处跌落的，还未等车厢里的人明白过来是怎么回事时，沉重的车轮已从崔强的身上碾了过去，他当场就没了气。

崔强的死犹如晴天霹雳，得知消息的秀枝霎时就昏了过去，然而再多的眼泪也无法将崔强唤醒。也就是说秀枝在和崔强结婚5年后成了寡妇。

崔强这一走，秀枝的麻烦事也就接二连三地来了。对于当时西戈壁农场来说最缺的就是女人。秀枝男人没了，但对这个年轻寡妇心中惦记的人大有人在，不要说连队那些尚未娶妻的单身汉急得犹如热锅上的蚂蚁，就

是那些有了老婆孩子的男人，见了秀枝那俊模样的心里就像点燃了火，烧得自己眼睛和身体都不安分起来，吓得秀枝每晚搂着孩子睡觉床头上都放着一根擀面棍。

连队的一刘姓拖家带口到西戈壁农场的支边职工，人称"老刘"，老刘当时已经40多岁了，是4个孩子的爹，他的大儿子已经在连队参加工作了。老刘这人干活没得说不惜气力，用当地的话那叫一个"攒劲"。但这人就是有花痴的毛病，用他老婆的话说是个没脸没皮的货，见到连队的小媳妇大姑娘，总是插科打诨要讨点便宜，碰到不计较的人忍忍也就算了，遇到难缠的女人回家后抹着眼泪告诉自己的丈夫和家人，那就难免为此事拳头相见，老刘老婆为他的花痴不知掉下过多少眼泪，哭骂过他多少次，又给别人赔着笑脸说了多少筐子好话，可每回老刘都是表面答应绝不再犯，可碰到花枝招展的女人他又控制不住自己，可以说屡教屡犯。对秀枝这个美人儿他早就怀有窥伺之心，只是崔强在世时他自己也感到自己对秀枝如癞蛤蟆想吃天鹅肉那样可望而不可即。每次见到秀枝唯有口水往肚里咽的分，可这崔强一死他觉得这是老天爷给他创造的契机，让他有了接近秀枝的机会，他有事没事就爱到秀枝家门前转悠，涎个脸想方设法想让秀枝注意他，而为了引起秀枝对他的好感，他甚至连着两天夜里跑到邓家沟边为秀枝家挑了两大垛柴火。无奈秀枝见他就像见了苍蝇般扭头就走，连句话都懒得搭理他，这使老刘的内心遭到了沉重的打击，他甚至一度想放弃，既然高攀不起就不要再讨人家的脸色了，可当他眼睛一闭就又想起秀枝的窈窕样子来，内心又开始冲动。还有一个重要的因素是越是得不到的东西心里总是越想得到的，犹如一只猫时刻挠着痒让他欲罢不能。老刘那夜大概就处于猫挠他正欢的时候，那天晚上他在一个老乡家喝了半夜的酒，趁明晃晃的月光往家走的时候，脚却如鬼牵着一样来到了秀枝家门口。老刘先走到屋后敲了敲秀枝家的窗户，见秀枝无反应便又走到前门开始敲门。秀枝在老刘敲窗户和喊她名字时就知道来人是谁了，听到他那模糊不清的语言知道准是酒喝高了，心想他喊几声不理就可能回去了。秀枝自崔强走后没少经历半夜三更敲窗砸门的事，秀枝明白这些男人都是想从她这儿讨便宜的，不要说崔强刚死不久秀枝没这个心情，就是今后再找也不会找这种半夜敲女人窗子的人啊，因此对这些敲窗砸门的事她能忍就忍了，就这样有些吃不上葡萄还说葡萄酸的人在连队还四处嚷嚷败坏她的名声，说她跟谁跟谁有一腿，还有的男人到处夸海口说自己早就和秀枝好上了，在崔强活着的时候两人就上过床之类的话，把秀枝气个半死回到家中就暗自落泪。而对这个老刘，秀枝从来没正眼瞧过，这不是说老刘以前得罪过她，而是他那被莫合烟熏得又黑又黄的牙和满脸的麻子平常就让她不愿多扫一眼，更不用说搭理了。崔强过世没多久这个老刘就在家门前献殷勤，那副下作的神态让秀枝看了就恶心，所以从来都不接他的话茬，秀枝想我不理你躲着你总该让你无处下手了吧。可没想到这人借着酒劲竟然开始踹门了，由于老刘蛮力颇大那胡杨木板钉的门很快就被他踹得松动了起来，而顶门的铁锹显然也顶不住老刘身体的猛烈撞击，床上秀枝搂着睡的几个孩子显然也已经被这暴力撞门声所惊醒，钻在被窝中头也不敢露出来，只有几只小手紧紧地抓住秀枝的手和衣服。眼见房门很快就要被踹开，秀枝起了床（自崔强走后秀枝睡觉就没脱过衣服），她一下拿开了顶门的铁锹，顺手端起门后给孩子们起夜用的尿盆，连屎带尿地朝这个撞进门来的还未站稳的老刘头上狠狠地砸去，就这一下把醉眼蒙眬的老刘直接砸倒在地。秀枝连孩子也不顾了，她光着脚飞速地跑到连队的队部门前，抓起铁棍就在铮犁上急速敲打起来。深更半夜的钟声把人们从睡梦中惊醒，紧接着又听到女人的哭骂声，人们知道准出大事了，一个个连忙起来就往队部跑，有的人甚至连衣服都未穿整齐。连队干部自知半夜敲钟一定不会是什么好事，几分钟内全部到岗，可当他们跑到队部门前见是披头散发的秀枝在敲钟时，便暗自松了口气，知道不是场部来的紧急通知之类，悬着的心才放下大半。秀枝也不待连长、指导员问明事由，当着围过来的全连职工的面将刚才有人到她家砸门，闯进她屋子要调戏她的事说了一遍。连长过去和崔强关系比较好，也非常喜欢这对年轻人，听秀枝的话后他说这可是咱四连这个光荣连队发生的一件非常丢脸的事，这不是一般的事件，连队要立即上报场保卫科，让保卫科将这个流氓抓起来绳之以法。我看这流氓是活舒坦了，非要自己去劳改队练练筋骨，蹲个十年二十年监狱的就老实了。

秀枝说当着众人的面我今天把话撂到这里，我这辈子活着是崔强的人，死了也要去找崔强作伴。谁要想从我秀枝这里讨便宜那可是他瞎了眼早早死了这份心。我还要告诉大家的是，刚才我将那个踹我家门的人头砸破了，我也敢肯定说这人不在你们当中，连长、指导员可以查查今晚谁没有到队部来就清楚了，我希望他主动到场部保卫科投案自首，否则的话后果多严重他自己的心里也清楚。秀枝朝围在她周围的连队职工深鞠了一躬后又说，今晚耽搁大伙儿休息了，秀枝在这里给大家伙儿赔不是了。

经秀枝这么一闹腾，当夜连队许多人都未能安然入睡，曾对秀枝有过非分之想的单身男人想这个女人够狠，别为了贪图她那张狐媚的脸而把自己弄进北沙窝的"围墙"（监狱）里去，那可真是太不划算了。有了家室的男人，躺在被窝里不住地受老婆的敲打：看见了吧？这就是你们花心男人的下场，这样的丑事被全连敲钟真把人丢大了，做这事的让一家人可怎么活啊，怎么在人前抬头啊？女人说完这话还不由对秀枝一番赞叹，这样一个文弱秀气的女人怎么敢这么大胆地敲钟？这不是也毁了自己的名声吗？不过话又说回来，她这不是给自己露丑，分明是在大众场合下让所有人见证她的忠贞。这样的女人做事绝，是真正厉害的角色。反过来说这样的女人今后谁还敢惹？正如她自己说的招惹她的没有好下场，进"围墙"（监狱）是早晚的事。

而那个被秀枝用尿盆砸得满脸是血的老刘此刻正低头跪在他老婆面前一声不吭。老刘的老婆尽管心疼，但还是在地上砸碎了两个碗，气得一声接一声地叹气，那种愤怒和羞辱使她觉得眼前这个男人真让她无脸见秀枝，也让她无脸活在这个世界上。女人说你怎么没被人砸死啊？你怎么不跳邓家沟去淹死？再不济你跑到北沙窝去让狼吃了也好啊！你觉得你是个人吗？就连秀枝那样的女人你也配去沾？你也不照照镜子瞧瞧自己那恶心的样。如果真有来世等下辈子让你爹娘重新给你回炉一下吧，那样你就貌似潘安，想找哪个仙女就去招摇撞骗吧。你现在死了倒好了，一了百了，可你的爹娘你的还未长大的儿女今后如何见人啊？你这该千刀万剐的畜生啊！老刘当时一下子被秀枝的屎尿盆子砸昏了，但那种眩晕也只是在刹那间很快就醒了，抹了下自己的脸黏黏的东西在流，也不知流淌的是血还是汗，总之他知道闯下大祸了，当听到队部传来急促的敲钟声时，老刘暗自叫道不好这下丑事无法遮掩了，但又不敢去队部，怕秀枝瞧见非把他的皮撕下来，只好垂头丧气悄悄跑回家中。老刘的女人在秀枝敲钟时也跑到了队部，那女人原以为出了什么大事，待瞧见秀枝边哭边骂边敲钟，便明白了几分，她知道自己家男人老刘是个什么货色，当时心里就"咯噔"了一下，因为起床时她发现老刘不在身旁，自己还骂了一句喝那"猫尿"（酒）能喝到半夜，当她在人群中发现与老刘喝"猫尿"的老乡也在其中，唯不见老刘时便预感不好，该不是老刘这个不要脸的畜生去砸秀枝家的门，但那时心里还暗暗祈盼老刘会在人群的某个角落里而自己没有发现，但直到秀枝向大家鞠躬人群都散了，她也未见到老刘的影子。等到她回到家中，发现老刘在厨房里闷声不响地抽着莫合烟，借着厨房的煤油灯光她发现老刘的脸也正如秀枝所言，额头上被屎尿盆砸出了一道深深的血槽，依旧在不停地渗血便明白了所有的一切。正是她家这个该死的花痴做了这伤天害理丢人现眼的丑事啊。哭归哭骂归骂，女人虽然恨老刘恨到骨子里了，即便是咬两口也不解恨，但想想自己的几个儿女还都在上学的年龄，儿女们还都要脸面，女人便把这针扎的疼痛隐忍在心里，她朝老刘脸上狠狠扇了一个耳光，趁着天色刚刚露白便跑到了秀枝家里。秀枝那时也未睡，她在

思忖自己今晚上的举止是对还是错，见老刘的女人在她面前一句话未说双腿"扑通"一声跪下便也什么都明白了，这女人是为老刘求情来了。她原本已擦干的眼泪不由自主地又流淌了下来，对这个女人她真的无话可说。可是跪下的女人从跪下起就不停地用双手扇自己的脸，边扇边说，秀枝妹子那畜生不是人，他对你做出那样的丑事，姐没脸再活了，姐今天来不是求你原谅，姐就是想向你赔个不是，尔后姐就去跳邓家沟。秀枝知道这是女人演给自己的苦肉计，想让自己原谅老刘，但她也知道眼前这个女人确实是连队上下都夸的好媳妇，从伺候公婆到照料孩子，从来闲不住，干什么活都任劳任怨，是连队的"五好职工"。可就是这样女人却遇到了一个花痴男人，为老刘"花"的事儿两人没少干仗，她也没少对老刘骚扰过的女人赔笑脸。可这次老刘砸秀枝门女人心里清楚这事真的闹大了，如果把老刘弄到场部保卫科再送到法院，那关到监狱就是跑不了的事。真要把男人关到监狱也是他自找的，谁让他自己管不住裤裆里那玩意。可他进了监狱这一家子人该怎么办？孩子还没长大就有了个劳改犯的爹，那在西戈壁一辈子都抬不起头啊。女人知道像这种事只要当事方不告，那就可以大事化小小事化了，所以她在来秀枝家的路上就暗下决心以守为攻放下身子抹眼泪求得秀枝心软，如果秀枝天亮不去农场保卫科，这事就有了转机，为了孩子哪怕让她长跪三天她也愿意。女人知道自己这种做法实在让秀枝为难，可她的确也没有别的招数，如同一个犯人等待秀枝的发落。秀枝虽然心里气恨难消，但见眼前这个女人不停地抽自己耳光心里也扎针，同为女人不由产生了怜悯，她拉着女人的手说，姐快起来快起来。女人见秀枝伸手拉自己，心知自己的举动奏了效，为了使秀枝不再改变主意把事情做牢实，更是边哭骂边抽打自己不肯起身。秀枝几次三番拉扯这个女人不起身，自然知道女人的心思是要她表态。她拉着女人的手哭着说，姐，你起来吧，我不去场部保卫科了还不行吗？女人听了秀枝的话，如得到特赦令般，抱着秀枝的身子更加放声大哭，妹子可委屈你了啊。

天亮后秀枝果然没去农场保卫科，但自此后连队再也没有哪个男人敢去骚扰秀枝。十多年后秀枝的儿子考上了崔强多年前读的那所大学。后来又硕博连读到留校。秀枝自崔强走后真如她自己所言也真没有再嫁人，从西戈壁农场退休后就给大学里当教师的儿子带孩子。每当看着儿子戴着眼镜看书的样子，她觉得父子俩真是像极了，好像崔强又回到了她身边。

自秀枝那次半夜敲铮犁之后，连队还有两件事因钟声敲响而令人记忆犹新。

一次是连队东边麦场失火。那是在20世纪70年代初，连队收割麦子还没使用自动收割机康拜因，而是将种植的几千亩小麦手割成捆后用马车全部拉运到大场。因为麦捆太多又被分为若干个麦垛，即便如此每个麦垛堆起来也高如小山。7月的西戈壁正是烈日最为灼烤之时，人们在地里割麦需要1个多月时间，这时候连队的男女职工浑身上下的衣服都被汗水浸透了，极度干燥的空气仿佛点根火柴就会燃烧。在大田里割麦，每个人脸上胳膊上腿上凡是没有被衣服遮挡的地方都会脱几次皮。那皮被烈日暴晒过后不几天就会泛出小白点，按着鼓起的小白点一撕一拉，瞬间就会将暴晒的皮一片片揭起来。面对晒得脸色黑黝黝的职工，场长说，不在西戈壁土地上脱上几层皮，那还配叫"兵团战士"这个光荣称号?！割麦也是劳动竞赛"大比武"的开始，当时的口号叫"谁英雄、谁好汉，麦地里比比看"。那时候班排之间、个人之间都进行这种拉力，而我的母亲为了争夺连队"割麦状元"的称号，曾在麦地里割了一天一夜24小时没合眼，终于赢得了一条印着"为人民服务"字样的毛巾和一个大大的喝水瓷缸子。麦场着火的那天，小学已经放暑假，连队的小学生都在麦地里捡拾拉运后遗漏下的麦穗，那时学校给每个学生定的都有捡穗任务，叫作颗粒归仓。那场奇怪的大火是从下午4点烧起来的，当时人们正在往脱粒机里扔麦捆，不知是谁突然发现地下的麦捆着了火，大家赶紧放下手中的铁叉急忙找桶找盆从麦场边渠里提水来扑救。可是那些干燥的麦捆见火就燃，还没待人们将水端过来，那燃起的烈焰就让人无法靠近。虽然紧挨麦场边有一条毛渠，事先在毛渠里也储备了水，但毛渠里的水不够盆端桶舀的，"杯水车薪"这词用到此时恰如其分。幸亏连长当机立断让职工在堆得如山一样的麦垛之间划出隔离带，以防火势蔓延将大场上所有的麦垛都引燃。由于决策英明，麦场上6垛麦捆仅被烧掉了2垛，但就这样也损失了十余万斤粮食。农场为了使灾情减轻，便从过火的麦捆中又打下了一些粮食，让农场职工吃了一段时间的黑粮（过火麦子磨成的面）。此次火灾对连队来说不仅是粮食受损，最可惜的还是那台刚刚花了几万块钱购置的脱粒机。这场大火是西戈壁建场以来的首次，农场领导要求场保卫科必须查个水落石出，而且在调查过程中要绷紧阶级斗争这根弦，从阶级斗争的新动向中查找事情的起因。但查来查去好几个月，把连队所有在册职工的那天去向以及档案上有历史问题的各类人员都查了个遍，也没能准确查出嫌疑人，原本把几个家庭出身不好的职工为重点嫌疑对象，想从中找出蛛丝马迹，可那几名职工当天都有确凿的不在现场的人证，不可能硬被栽上嫌疑。但这火又不可能是天上打雷凭空蹦出个火星自燃的。那几个月里连队平时爱抽莫合烟的那几个老烟鬼在人前都不再相互递个卷莫合烟的纸片片，实在忍不住就跑回家中吸上两口，谁都清楚麦场失火那可是天大的罪，不要说是蹲几年监狱甚至判个破坏生产罪枪毙都有可能。所以连队抽烟的人生怕被谁举报麦场失火是因烟头引起的。其实那几个烟民分析得没错，保卫科那些天调查的重点对象就是当天在麦场上抽烟的职工，可经过了长时间的排查，（甚至可以说凡是当天在麦场上干活的职工都被挨个传唤了好几遍），但最终无功而返。因为在那个年月保卫科的调查人员也清楚，如果随便把这个罪名放到某个人头上，那么这个人这辈子就完了。因为几个月都没有将麦场失火的凶手缉拿归案，场长发了火也发了话，扣罚农场保卫科和四队干部每人1个月的工资，此案作为悬案挂了起来。扣罚保卫科人员工资是因为案件没有侦破，扣罚连队干部工资是防火安全生产没有抓好，这被扣罚的保卫科人员和连队干部都认为不冤，不仅嘴上没有怨言甚至还有一点儿暗自窃喜，认为处罚轻了。因为遇上这样的大事，农场就是把自己的干部身份一下子揩个干净谁也说不出二话。

麦场失火的案子过去了30多年，当年参加麦场劳动的连队职工有一多半人都进了陵园，我也早已离开了西戈壁。20世纪末的一个春节，我回农场过年，父亲对我说当年麦场失火案的"凶手"找到了。是谁？我感到特别惊奇，因为那场大火在童年的记忆中特别深刻，只要提到火我就想起那些麦捆被烧时的可怕场景。父亲说是当时麦场上开脱粒机的苏师傅。我问你怎么知道的？父亲说是苏师傅临终前告诉他的。苏师傅说当年保卫科调查时他估计是当时脱粒机的皮带轮打滑，他在更换皮带时用榔头敲击了一下脱粒机的三脚架，就是他那几下敲打可能迸出的火星燃着了麦捆，可在当时的情形下苏师傅连躲都来不及，怎么能引火烧身敢说是自己负责的脱粒机惹出的祸端。苏师傅说这件事是压在他心里的一块病，如果不说出来他进了陵园烧成了灰也不得安宁。为这事苏师傅让父亲帮他写了份关于那个年月麦场失火的情况说明送到农场派出所（多年前保卫科已撤销）。派出所的民警都是外地调来的，对农场当年陈谷子烂芝麻的事儿不十分清楚，再说这事情都过去多年了，即便真的是脱粒机引发的火灾也无法查证了，更何况这又不是什么刑事案件，就是刑事案件也过了追诉期了。派出所年轻的所长让父亲告诉苏师傅，别纠结以前的事了，你们这些老人都是西戈壁农场建设的大功臣，好好地享受晚年的幸福生活吧。听了所长说的话，苏师傅在心里压了几十年的一块石头终于落了地，不久之后就安详地闭上了眼睛。

还有一次连队紧急敲钟是因为农场的芨芨庙水库被上游的泄洪冲垮，洪水如脱缰的野马掀着半人高的浪花飞速扑向农场场部下游的几个连队。那晚，铮犁急促地敲响之后，全连职工男女老少齐上阵，在连队东干大渠上进行了一场家园的生死保卫战。尽管大家最后累得趴在大渠上都迈不动

双腿了，但终于取得了抗洪的胜利。那场百年不遇的大水当时淹没了下游好几个连队，而我们连由于组织得力抗洪英勇而受到了场党委的表彰，并得到了一面写有"抗洪英雄连"字样的旗帜。

我母亲也曾为我们家的事敲过两次钟。

一次是加入红小兵的事。我上学是20世纪70年代初，二姐比我大几岁，自然比我早两年进学校。那个年月是西戈壁农场人口急速增长的年代，每家都有好几个孩子，农场还涌现出两个生了10个孩子的"光荣母亲"。农场连队离场部距离不一，有的三五公里，有的十几公里，最远的有三十多公里，那时节农场场部建学校都是勒紧裤腰带干的，根本不可能为连队的小学生建学生宿舍，但让这些七八岁的小孩每天走着去上学也不现实，于是农场党委决定在各生产连队开办小学，让孩子就近入学，算是解决了连队职工的后顾之忧。由于师资力量严重缺乏，连队稍有点文化的人就被招为代课教师。记得有一年正是西戈壁沙枣花开放的季节，每当西戈壁的空气中弥漫着沙枣花浓浓的馨香时，就是孩子们最为高兴的日子，因为沙枣花开了，"六一"儿童节就要到了。往年过"六一"二姐都很兴奋，可那年二姐放学回家却哭了。因为在"六一"前要给一批小学生戴红领巾，这可是二姐自上学就期盼的事，但接连期盼了两年多，几个学期过去了可依旧没有二姐的份。而二姐读书的班级上有一半人都戴上了红领巾，可想而知这种打击对一个女孩子的自尊心伤害有多重。再加上读一年级的学生中也有个别的孩子戴上了红领巾也没有我的份。这下子我那争强好胜的母亲脸上挂不住了，而二姐那天回家之后泪珠子始终不停使得母亲又心疼又愤怒，她把这份怨气发泄到父亲身上。因为连队小学的校长和父亲同属于有些文化的人，在他未到学校任教时也在大田里劳动，曾和父亲嘴巴上干过仗但没有讨得什么便宜。连队建小学他靠着和连长一起从老家河南支边过来的关系成了教师（也属以工代干序列）便得意起来，再遇到连队人多的场合故意寒碜父亲，意思是你有文化可你还在大田地里劳动，我嘴上说不过你但我现在可以不用去干农活拿的钱也比你多。父亲不愿和此人计较，有道是话不投机半句多，以至到后来两人见面都相互不搭理。我和二姐都没戴上红领巾，父亲认为一定是这人搞的鬼，但这种事有点让人哑巴吃黄连有苦说不出，因为连队在校读书的孩子又不是仅你家的孩子没戴上红领巾。父亲心里是这么想的，但母亲可不管这一套，她把两个孩子没戴上红领巾的怨气全部都撒在低头抽烟的父亲身上。意思是他为什么不和校长搞好关系，只顾嘴皮上逞能让别人在背后捅孩子，末了又说这校长做事一点儿也不光明磊落，在背后干阴损的事没有好下场。父亲被母亲胡嚷瞎骂一顿自然也上了火，他掰着指头叫我和二姐说这次谁家谁家的孩子加入了红小兵，我和二姐一五一十地将谁谁加入红小兵的事都告诉了父亲，父亲数着数着眉头展开了，心里有了主意。原来此次加入红小兵的孩子除了连队干部家的孩子外，其余的大都是和校长一起来支边职工家的孩子。父亲就如猎手捕捉到了猎物般眼睛里放出光来，乖乖，原来校长这么以权谋私地欺负人啊。别人家2个甚至3个孩子都戴上了红领巾，我老龚家的孩子又不是地富反坏右分子，凭什么不给戴红领巾，这样的老师如何能教育好革命的下一代?! 不行，我要去农场贴大字报，让全农场的人来评评这个理。父亲说干就干，找了一个秃头毛笔就开始舞文弄墨，洋洋洒洒地整整写了三大张纸。父亲这人干农活不是一把好手，但写起文章来在西戈壁农场绝对可以说是数得着的。写好大字报后他和母亲打了盆糨糊便把大字报先贴到了连队队部门前的墙上。那天许多人家正吃午饭，母亲则随手拿起榔头敲响了铧犁，这一敲使正吃饭的人们放下饭碗纷纷跑向连部门前。母亲见围观的人越来越多，她敲铧犁的手臂也越发有力。连长头天晚上带班浇了一夜水，午饭也没吃正埋头在家睡觉，猛听到铧犁敲响知道准有事，连鞋也没顾上穿赤着脚就跑到连部，见一群人围着敲铧犁的母亲心里有了底，知道肯定是连队内部可以解决的事，便悄悄躲在人群中听母亲说什么。母亲是连队数一数二的大嗓门，她见连队大人小孩来得差不多

了，或许她也看见了躲在人群里的连长，把手中的铁榔头照着铧犁重重地敲了一下后对人群说，天底下还有没有公平？还有没有讲理的地方？我们家两个孩子在学校读书，竟然没有一个加入"红小兵"，我们家的孩子是偷了谁家的鸡还是盗了谁家的羊了，今天学校要不给个说法，我们就将大字报贴到场部去让农场领导来评评理。

原来是为孩子加入"红小兵"的事。连长长长地松了口气，这个问题对连长来说根本不是问题，而且是立马可以解决的。同时心里暗暗责怪学校这个校长心眼太小。人家两个孩子在读小学，你就是对大人有什么意见，但总要顾全大局面子上要过得去，最起码也要让一个加入吧。再说你这个校长是如何当上去的大家心里都有数，还不是沾了和我一起来支边的光，连队比你文化高的人还是有的，真的把这事扯出去让我这个连长也难堪，弄不好会把你这个校长给换下来依旧回大田地劳动也不是没有可能。小学校是农场教育科和连队双重管理，人员配备得由农场教育口子说了算，如果因为对待孩子不公，真得让孩子家长跑到场部贴大字报，自己准保挨场长、政委一顿臭骂。连长觉得这件事虽小但也必须引起足够的重视，而农场干部科年前就曾有提拔自己到营部去当营长的说法，可不能因小失大。于是赤着脚的连长朝人群挥挥手，让看热闹的人都散了，尔后把我父母亲劝进了连队的办公室。母亲这时正在火头上，对连长没一点儿好脸色，连长赔着笑脸说，老嫂子，你敲钟的原因我都知道了，我也觉得连队小学在对待孩子加入"红小兵"这件事上做得不公平，这样吧这件事交给我来办，我现在就去学校找校长，不让我们孩子及时加入"红小兵"肯定是不对，我要问问校长这学校是为谁办的，什么样的孩子才能加入"红小兵"？连长这先发制人的一番话的目的是给我父母降降温。而母亲敲钟的目的是让我们姐弟能加入"红小兵"。见连长答应找学校理论（这也是父母所要的结果），心头的气也已消了许多。但为了拿捏住连长，母亲接过话头说，连长这话可是你说的，我就信你这一回，否则这事儿没完。连长见母亲的话已有松动，知道自己所言有了效果，便说，老哥老嫂尽管放心，这事如果我解决不好，你们依旧可以去场部贴大字报。母亲说，我不是不讲理的人，但也不是受人欺负的人，我今天在吃晚饭前要结果，不说出个子丑寅卯我还是要去场部的。连长说老嫂子放心，我现在就去给你落实，你就等信儿吧。

不知连长是如何收拾小学校长的，反正下午吃饭前连长又跑到我们家和父母嘀咕了几句，父母脸上渐渐由阴变晴，最后连长出门时母亲的脸可以用"笑逐颜开"来形容了。第二天中午放学回到家，二姐的脖子上就戴上了一条鲜艳的红领巾。而我到了小学二年级一开学也戴上了红领巾。教我的班主任姓李，是从老家安徽支边来到西戈壁的，李老师在支边前在家乡带过一年多时间的课，所以连队小学成立他立马被推荐当了老师。李老师大概见我的字写得不错，也可能是因为他和我父亲都属于那种识文断字的人，非常喜欢我，还给我封了个学习委员，胳膊上戴了一个菱形两条杠的牌牌叫作中队长，使我在家人和邻居面前显摆了好几天。

母亲还有一次敲钟是在8年后的1979年8月，不过那时敲的不是排犁，而是一口真正的铁钟，那是现任连长坐火车从山东老家带来的。那时我初中毕业16岁便被分配回父母所在的连队参加工作。那是8月下旬，连队公共食堂烧饭的柴火没有了，连队安排几个人坐拖拉机去离我们连队40多公里北沙窝的深处打柴火。西戈壁农场初建时到处都是梭梭柴、红柳、胡杨、琵琶柴等做饭用的硬柴，但随着土地开发的不断增多，人口数量急剧增长，附近这些硬柴逐渐减少，也很难在一个地方捡上满满一车厢，因此人们只有往沙漠深处更远的地方打柴火。职工家属做饭或冬季取暖一般都到连队的西梁上去打琵琶柴，可连队公共食堂是给全连队职工做饭的地方，一是用柴火量大，二是需要耐烧的能燃起猛火势的那种，因此梭梭柴便成了不二的选择。要捡这种梭梭柴则需要进入古尔班通古特沙漠的腹地，我们当地人称作北沙窝的地方。

　　那是我跟随连队几个老职工第一次走进北沙窝深处，也真正体会到什么叫浩瀚和沉寂。因为在我眼睛中放大的不仅仅是惊叹，更多的是惊诧、震撼抑或是悲怆。

　　拖拉机在死亡之海中穿行，我们的眼前呈现的沙丘一座连着一座，巨大的梭梭横七竖八地倒在地上，有的半截在沙上半截在沙下，它们的体型各异，每根枝干都昂着倔强的身姿。没有人知道它们在这里生长了多少年，是经历了何样的摧残才变得如此模样。这些梭梭一定曾勇敢抗争过、抵御过，要不为何满身伤痕？死亡一般的沙漠不会回答我的疑问，唯有拖拉机的履印记载着曾有生命的来访。可这些梭梭都没有生命了，这些巨大的沙丘曾经是它的生长吸吮的乳房，可是当乳房再也流淌不出乳汁时，哪怕再粗大的躯干，再怒放的花朵也不得垂下头，生命在那一刻戛然而止。我赤脚爬上高高的沙丘，在一个山丘的背阴处捡到一枚几乎被风化了的贝壳，一半暴露在太阳下，一半还埋在沙砾中，我用手在沙粒中挖了一下，那枚贝壳就完整地显现出来。只是被太阳暴晒侵蚀的那一半已呈灰褐色，手拿上去很快碎如粉尘，而埋于沙粒中的另一半还能分辨出美丽的花纹。上地理课时老师说在远古时代新疆是浩渺的海洋，那时心中还存疑惑，而眼前这枚贝壳让自己的思绪穿越了无数个年代。那片远古的海洋距今有多少年了？不是几百年、几千年，而是上亿年，经历了沧海桑田，这枚贝壳为什么会存在呢？它应该早就化作尘埃了，而不是我们的目光所能寻觅到的啊。或许它原本埋在海的最深处，是时光的无意翻读才使它从某个隐秘之处被风沙剥开，才使我们的眼睛洞察到它远古今世的容颜。也许这枚贝壳是这片远古海洋干涸前的最后一滴眼泪，它在警示着我们什么。

　　在北沙窝深处的这片沙丘低处我们用了不到3个小时就打好了一车柴火，可在回连队的路上开拖拉机的师傅迷了路，凭他自己的印象在沙漠里来回跑了好几个小时直到大半夜也没有走出去，而在天蒙蒙亮时又绕回到我们头天上午打柴火吃瓜的地方。真得感谢西戈壁当地老乡教给我们做人的最简朴的哲理。老乡们说在新疆无论到哪里吃瓜，吃完瓜必须把瓜皮反扣过来，我们不明白为什么要这么做，老乡说在戈壁沙漠随时都可能碰到肚子中没有任何吃的需要救急的人，你反扣的瓜皮可以保持水分，或许能够救下一个人的生命。而这次我们遇到的反扣瓜皮是为我们自己救了急。因为当天打柴火我们只带了一天干粮，于是我们把那些反扣的瓜皮翻过来，狼吞虎咽地嚼了一遍，那时感觉这些吃剩的瓜皮是世上最好的美味。幸好开拖拉机的师傅进沙漠有经验，用一个铁壶装了20公斤柴油，否则转了一夜的拖拉机早就熄火了。开拖拉机的师傅说我们趁着早晨要赶紧走，如果中午大太阳出来，水和粮食都没有，沙漠里又没处躲，那还不把人烤成干馕了呀。开车师傅的话大家一致表示赞同，于是在星星还未完全落下来的时候，我们又在沙漠里摸索着赶路。

母亲事后对我说，那天我去北沙窝打柴火后不晓得为什么她心里老是怦怦跳个不停，这是她以前从来没遇到过的，她心里就有种不好的预感。我坐拖拉机半夜走后她就一直没有合眼，脑子里乱乱的也不知想些什么。早晨起床做饭打翻了油瓶，下午在大田地里间苗铲子又伤着了手指头。当天晚上下工后，她连饭也没吃两口躺在床上一直没睡觉，耳朵里时刻在捕捉拖拉机的声音，可一直到凌晨两点还是没有任何动静，为了能够看到拖拉机的灯光，她搬着梯子爬上房顶好几次，可是通往北沙窝的方向依旧是黑黑的夜空看不见一丝灯光。母亲说当时她的心像被猫抓了似的，大概在凌晨两点半左右，她觉得不能再等下去了，便直奔连部敲响了那口铁钟。

在母亲敲钟的时候，连队的几个领导也都聚集在队部，见早上派到北沙窝打柴火的人在原本该回来的时间还没回来，而到现在又过去了几个小时，开春才到这个连队任职的张连长着急了，他正和连队其他领导研究该如何办时听到了母亲急促敲钟的声音。因为去北沙窝里打柴火的连队职工有10个人，10个人就涉及10个家庭，估计这10个家庭当晚也都没有睡觉，听到母亲的敲钟声，许多人急匆匆地赶到了队部。当听说打柴火的拖拉机到现在还没有回来时都着急了，因为西戈壁农场紧挨沙漠，大家都知道在沙漠迷路的危险。张连长那时刚从部队复员回来还不到30岁，做事雷厉风行的他没等母亲说话，就对围拢过来的连队职工说，大家别着急，我现在就给场长打电话，我想农场肯定有解决的办法。张连长让农场总机接线员将电话打到农场场长家里。场长听了连长的报告，在电话中命令连长立即安排熟悉北沙窝地形的人员进沙漠寻找，场长随即起床赶到办公室，命令农场农机站10余台轮式拖拉机沿着几条进北沙窝打柴火的线路寻找。可是从当天晚上找到第二天晚上，几路人马都找到了我们两次吃瓜的地方（地上留有装瓜时印着"四队"字样的旧麻袋）依旧没有见着我们的影儿。

那两天两夜母亲说她可真是急疯了，她从那天晚上半夜敲钟后就没有回家一直在连部等消息，不要说吃东西连口水都没喝，别人劝她吃点什么，她说我儿子没回来我哪有心情吃什么喝什么呀，而且在几路人马带回的都是搜寻无果的消息后，她的眼睛茫然了，嘴里不停地念叨着别人听不懂的话。事后她告诉我，她的那些念叨都是求老天爷保佑她的儿子的，因为一天一夜进北沙窝搜寻没有任何踪迹，有的家属开始在连部抹眼泪，甚至说话都有了哭腔，这时母亲反而变得坚强了，她对那些家属说你们干吗要哭啊，现在打柴火的拖拉机都没有找到，这说明他们这些人一定还在拖拉机上，北沙窝这么大里面有那么多条路，或许他们正在里面哪条道上跑着呢，你们放心吧农场一定会将他们找回来的。母亲的话虽然在安慰别人，但同时也是在安慰自己。她知道北沙窝寻找迷路失踪人员的难度，如果是放在10多年前单个或两三个人进北沙窝打柴火，即便不迷路饿死冻死或被狼吃掉的也是常发生的事。所以农场连队进北沙窝打柴火没有拖拉机时都是几辆马车同行，遇事好有个照应。母亲当时想10多人被狼吃掉的可能性不大，这个季节也不可能冻死人，唯一害怕和担心的是迷路，找不到回连队的出口，因为到北沙窝打柴火的车辆太多，每个开车的师傅在心里都有不同的标识线路，而这些特定的标识和线路也就成了常年在北沙窝打柴火的驾驶员师傅心里的印记。因为北沙窝归属的古尔班通古特沙漠实在太大了，横跨哈密、吐鲁番、昌吉、石河子、奎屯几个地州市和兵团五、六、七、八、九、十三师等6个师部绵延几千公里，打柴火的拖拉机在这片大沙漠中真可谓小如蚂蚁。

母亲事后说真应该感谢农场领导，在几路人马搜寻都无功而返的当天晚上，农场又紧急联系了与我们农场相邻的兵团一〇二团、一〇三团、一〇五团3个团场，请他们在靠近北沙窝的团场边缘地带寻找。结果在我们打柴火进入沙漠的第三天夜里，一〇五团骑马的牧民发现了我们在沙漠边缘燃烧的火光。

原来吃完瓜皮后我们开始走的道路是正确的，可在碰到一条岔道时驾驶员师傅又犯了错，没有走到往西戈壁农场的路而是顺着一条车辙印走向了离农场直线距离约40公里的一〇五团，当驾驶员师傅越跑越感觉不对的时候已经为时过晚，在离一〇五团团部约20公里的地方拖拉机没油了，彻底是跑不动了。那时我们打柴火的人反而没有像连队家人那样担心，我们知道拖拉机没有回去连队一定会派人寻找我们的，白天我们将拖拉机车厢上的梭梭柴高高立起，上面挂上了几件衣服，晚上在拖拉机旁燃起火以便人们可以发现目标。

四

20世纪70年代末，西戈壁农场划归昌吉州农垦局领导，农场的场长、政委由农垦局任命。新来的西戈壁农场的场长、政委长期在兵团六师工作又都是军人出身，他们听惯了兵团团场上下班的军号声。上任伊始便要求农场宣传部门首先在各连队安装上了高音喇叭，农场广播站开始每天早、中、晚吹起床号、集合号、熄灯号，人们的工作生活时间与军号声相伴。这使农场的一些退伍老兵感触颇深，他们说听到这军号声又像是回到了部队，这军号声听着舒服。上过淮海战场前线的母亲也说，听着这军号声得劲，既好听又实用，起床、吃饭、上班、上学、睡觉都用不着表，该干吗干吗去连懒也偷不成。

而听到军号声能让人"起死回生"也算是件奇事。

那是20世纪80年代初期的一个春天，我们连队一个名叫老唐的老职工在挖渠时不知什么原因忽然一头栽倒在地，这一倒下去就没了气，眼睛再也没有睁开。与老唐一起干活的人连忙将他送到西戈壁医院，我们农场医院是个不大的医院，平时包个伤口、换个药、做个简单的阑尾炎手术还可以，如果遇到大病急病就束手无策，最有效的办法就是转院，以前归地方管时转昌吉州医院，归兵团六师管辖时转师部的五家渠医院。农场医院的医生用听诊器听了听老唐的心脏，又翻了他的眼皮看了看，觉得这人可真没命了，但为了保险起见还是让人把老唐送到师部医院。师部医院的医生接到急诊不敢怠慢，来了两个医生问明了老唐的发病原因，便开始在老唐身上迅速动作起来，压胸推气之后又上了医院的机器，上上下下折腾了好几个小时，可老唐还是没点儿动静，也没有一丝喘息和出气的声音，两个医生见老唐这般模样知道这人八成已见了阎王，便对送老唐来的人说拉回去准备后事吧。老唐的家人也随着拖拉机一起来的医院，原想农场医院没有办法师部医院一定回天有术，开始对医生忙忙碌碌的抢救充满希望，可没料大半天过去了，老唐硬是没有半点声响。自知奇迹不会发生，一边哭天喊地地抹眼泪，一边将老唐抬上拖拉机拉回连队。尽管那时西戈壁农场交给农六师管辖已经有2年了，但还没有一条铺上砂石料像样的公路，从师部医院五家渠到我们连队有30多公里，拉着老唐的拖拉机就在大坑连着小坑的戈壁滩上行驶，人根本无法坐在拖拉机车厢内，只有在车厢内半蹲着，双手紧紧抓住车厢板，因为那种长长的颠簸使人觉得五脏六腑都要被颠腾出来，稍不留神就有可能把自己颠出车厢外。平躺在车厢里的老唐虽然没气了，但也被颠得一上一下甩胳膊动腿的，如果不是大白天和路不平而引起的这般状况，肯定有人说老唐这是诈尸了。从师部医院跑回连队，拖拉机足足用了4个多小时。连队领导对这种突然降临的事自有处理的经验和办法，拖拉机开进连队后，没让把老唐的尸体拉回他的家而是直接拉进连队存放化肥种子的大库房里，同时让连队有木工手艺的人到场部木工班拉几块木板好给老唐钉口棺材，其余的买衣服的扎花圈的自有"懂行"的人办。

听说老唐从师部医院拉回来了，农场医院的孟院长来到了连队，老唐被送往师部医院的时候孟院长正在农场下边一个分场巡诊。突然听说老唐遭到劫难孟院长的心里很是难受，决定来送老唐最后一程。说起来孟院长和老唐缘分颇深，一则他和老唐是抗美援朝战场上的战友；二则两人家乡都在安徽长丰县（现为合肥市长丰区）并且是1954年支边一起来到西戈壁农场的。出于这两个原因，两人感情确实也深厚，几十年来逢年过节相互必到对方家中喝上两杯方能尽兴。孟院长在西戈壁农场口碑很好，大人小孩他都认识，而且西戈壁农场好几百个孩子都是他亲手接生的，他在朝鲜战场上是连队卫生员，支边来到农场后他是内科、外科、儿科、妇科等全科医生。那时候连队没有医务室，他就经常冬天骑着马，夏天骑着自行车带着他养的一条大白狗在各个连队巡诊。他为人热情，态度又好，从不嫌脏嫌累，提起他农场人没有不伸出大拇指的。那天傍晚孟医生走进连队的大库房，掀开盖在老唐脸上的白布，握住老唐的手说，老哥，你在西戈壁干了快30年了，现在农场的日子一天比一天好了，你怎么就撒手走了呢？你还说今年春节咱哥俩没喝好，明年要好好喝场大酒，这大酒还没喝你可不许走啊，不是有句话叫幸福的日子开了头一定要活到九十九啊。孟院长握着老唐的手不停叨念着，他突然感觉到老唐的手有了轻微的颤动，仿佛听懂了他说的话，孟院长心里一动，这老唐该不会没死吧？他从一开始攥住老唐的手感觉有温度时心里就有某种预感，但他又不能够将这种预感告诉别人，而现在老唐手的微颤更加坚定了这个念头。

　　在大库房外为老唐的后事忙碌的人们见孟院长进了大库房一直没有出来，有人就进门找孟院长，孟院长像怕老唐会被猛然惊醒般忙向喊他的人摆手，尔后就随进来的人走到库房门口，他告诉在门外为老唐帮忙办丧事的人，你们该忙活什么就忙活什么，他和老唐是几十年的战友了，心里有许多话要和老唐唠叨唠叨，想单独陪陪老唐。孟院长这话让人觉得有些奇怪，哪有别人为自家人守夜的，但出于对孟院长的尊敬，老唐的家人也就同意了孟院长这个请求，有的人对孟院长的做法还是存有疑虑，但大多数的人认为孟院长这是对战友有情有义，称赞说看看孟院长这战友做的，一生有这样的战友陪着老唐这辈子也值了。当夜孟院长在库房里陪着老唐说着话，库房外临时拉起了电线，几盏明晃晃的大灯泡把黑夜照得如同白昼，连队那些来帮忙的人围在一起抽着烟聊着天，回忆起老唐在连队工作时的点点滴滴，嘴中说的都是老唐厚道干活不偷奸耍滑踏踏实实，总之满满的都是溢美之词。对老唐能否醒来孟院长也并无把握，只不过凭预感孟院长觉得老唐不应该这么快就走了。这么多年来老唐坚守在农业第一线的大田地里劳动，身体很棒，平时连感冒也不多见。孟院长给老唐说着话，从朝鲜战场上甘岭几天几夜的坚守到西戈壁冰天雪地的开荒，一直讲到现在的农场终于实现了生产机械化，不知情的人还以为两人在聊天，只不过这聊天讲的话都是孟院长在动嘴，老唐一言不发地在听。说上一阵话孟院长就又不停地搓老唐的手和脚，有时还会扒拉一下老唐的嘴唇，听听老唐鼻子的动静，就这样持续了一夜，直到天色微明老唐还依旧那样静静地躺着。

　　奇迹发生在早晨7时整，当连队的大喇叭里传出场部广播站播放的起床军号声时，老唐像是从睡梦中惊醒，一下子从躺着的门板上坐了起来，他望着孟院长一夜没有合的眼睛，又瞧瞧自己躺在大库房里而不是睡在自己家的床上，有些迷糊地问孟院长这是怎么回事，咱们俩怎么会在这大库房？孟院长见老唐突然醒了过来心里一惊（换作别人可能早吓破了胆），但没有感到一丝的害怕，老唐这一坐正是他期盼的结果，这说明老唐没死是真的活过来了。听到大库房里孟院长和老唐的讲话声，门外有几个大胆的连队职工走了进来，他们见老唐死而复活坐在门板上和孟院长说着话，吃惊的程度可想而知，张开的嘴巴半天合不拢。但见老唐就如睡了一觉又醒了一般没有一点儿事，又由衷地为老唐高兴。老唐的家人得知这一消息后连忙赶来与老唐拥抱在一起，可谓喜极而泣。他的老婆孩子齐刷刷地给孟院长跪下不住地磕着头。家人告诉老唐因为一口气没上来他已被判了死刑，连队正在为他准备后事，是孟院长陪着他说了一夜的话才使他死里逃生，否则天明后就会被埋到邓家沟边。听了家人这么一说佬唐惊出一身冷汗，自然对老战友孟院长千恩万谢。孟院长事后想，或许老天爷原本就不想将老唐收了去，原来老唐这人喜欢抽烟，家庭条件所限只能抽那些散卖的莫合烟，莫合烟劲猛呛嗓子，而且烟痰特别多使人老爱咳嗽，那天挖渠时就因痰多咳嗽不净正巧堵在嗓子眼直接将他憋死过去。谁料到从师部五家渠到连队的路凹凸不平，送老唐到师部医院是农场医院的救护车相对平稳，拉运老唐回来用的是拖拉机，拖拉机的车头和车厢是分离的，靠的是牵引架连接，在戈壁滩上行走摇晃，七扭八拐地把老唐堵在嗓子眼里的那口痰颠簸得有了松动的空隙，而连队早晨大喇叭里传来军号声时是老唐雷打不动的起床时间，这军号声是老唐最熟悉、最喜欢的声音，可以说是他生命中不可缺少的东西，因此当早晨军号声响起时老唐也就立即苏醒了。

老唐自被军号声救了一命后，严格按照军号不同的号声作息，如今90多岁了在农场的公园里还能经常见到他走路的身影。不过自那次孟院长将他从死亡线上拉回来之后他是彻底断了烟，他说与我们能够享受幸福健康生活相比，戒烟算什么问题啊。

换粮

一

　　西戈壁农场在那个特殊年月有很长的一段时间踢开生产闹革命，搞所谓的阶级斗争，说是以阶级斗争为纲各项工作一抓就灵。话是这样说，但地里的庄稼却遭了殃，由于农场职工整天地开大会小会学这个批那个，没几个人好好下地去干活，种庄稼是和土地打交道，无法投机取巧，你付出了多少力气庄稼就会回报给你多少收成，你哄地一时地哄你一季。由于干活不上劲那庄稼的产量自然也就越打越低，有的地块如果水没浇到位，肥没有施下去，甚至连种子都收不回来。最令人不可思议的是作为一个拥有几万亩土地的农场自己种下的粮食竟然不够本农场人吃，还得求上级从别处调运供给俗称的"返销粮"当口粮。因为"返销粮"是农场按大人小孩定额分配，职工每月每人为10公斤，上学和没上学的孩子则根据不同的年龄段划分出不同的定额。那个粮食供应量放在现在，各种副食品蔬菜充足，过日子肯定是没有问题的。可在几十年前那个缺肉少油的年月，这个定量只能维持全家饿不死，想要敞开吃家家户户可能用不了10天就会将当月的供应量全部填进肚皮。虽然下地少了，开会口号喊得多了，但那些不能当饭吃，农场几乎所有的人家为了控制或者说保证每个月的口粮能维系到月底，在盛放粮食的口袋里都会放个小碗或缸子，每天每顿盛出多少必有限量，否则没到月底谁家端个盆子借粮食都是很丢脸的事，因为谁家也不富裕，也不可能有存粮，向别人借粮，无异于虎口夺粮。那时候的所谓"三餐"基本上早晚都是掺着土豆和白菜的糊糊，只有中午才能吃上点干粮（高粱面、玉米面蒸的发糕或铁锅饼子），因为胃里必须有"硬粮"顶着，否则嘴里会不停地老吐酸水。好在那时农场供应的"返销粮"都为细粮（大米和白面），于是便有了西戈壁农场家家户户"换粮"的故事。

所谓"换粮"就是拿自家的细粮（大米或白面）兑换对方的粗粮（玉米面或高粱面）。兑换的量一般为1公斤白面可换2.5公斤玉米面或高粱面；1公斤大米可兑换3公斤左右的玉米面或高粱面。当然这是指一般情况，遇到吝啬和大方的主家会有不同的量。西戈壁农场位于那时一〇二兵团农六师师部五家渠以北的位置，农场人换粮活动的主要区域也就集中在这两个地方。为什么兵团农六师师部五家渠和所属的一〇二团梧桐窝子、一〇三团蔡家湖的两个团场职工有余粮，而西戈壁农场的人却不够吃呢？这是因为当时兵团团场的人口粮是按城镇商品粮供给，供给量是西戈壁农场职工的2倍，然而供应量虽大但细粮只占到其中的30%，有的人家吃不了那么多的粮食，但又不能私自去"买卖"，怕被扣上各类"帽子"。而对于农场职工来说，那时国家对粮食实行严格的统购统销政策，即使有钱也买不到，于是各求所需你情我愿的私下里的偷偷地"兑换"粮食便也成了不能公开的"秘密"。因为虽然很多人都在"兑换"，但这种交易并不能明目张胆，属于睁一只眼闭一只眼的范畴，只能悄悄地进行，否则遇到一些打着某些旗号的"组织"，轻则将粮食没收，重则会随意扣上一顶什么罪名的帽子，那结局就很难预料了。农场就有一个人因为换粮而被送进了监狱，直到好几年后西戈壁农场实行土地承包制时才出来。

我们家由于有4个孩子，即便父母再精打细算，从自己嘴里省下点口粮，也还是填不饱我们几张嗷嗷待哺的嘴，说实话这点口粮确实也让母亲这个巧妇难以施展厨艺，无法在锅灶上每天变出热气腾腾的馒头，让我们肚子吃个圆鼓。由于当时我的年龄尚小，"换粮"也就成了父亲那些个年

月里最不想干却也没奈何只能干的最重要的"工作任务"。

父亲换粮去得最多的地方是蔡家湖的一〇三团。

为什么要去一〇三团？因为这是我们连队所处的位置。我们西戈壁农场和一〇三团处于一个平行线，两地都紧靠古尔班古特沙漠，而一〇三团团部蔡家湖和农场靠近沙漠最北边的五队，两地间相隔也就10多公里。这10多公里属于北沙窝的戈壁地带，戈壁上生长了许多1人多高的梭梭林，大片大片的红柳和琵琶柴，还有许多叫不上名字的草木。虽然这里是沙漠的边缘地带，但由于冬季雪大春夏也不缺雨，所以这里的灌木长势极好，春夏之季红柳开花，那些深浅不一的粉红花簇如锦缎般铺满天际，也不失为一片风景。由于那时灌木和植被还没有被职工当作烧饭用的柴火而砍伐，那地方也就成了野兔、黄羊、狼、野猪、野驴的家园。人们在换粮途中也常常会和这些动物相遇，但基本上都是"大路朝天，各走半边"，互不相扰。父亲说有一次他在换粮的途中，还曾遇到过一只雪豹，当时把他可吓出了一身冷汗，前行不得，后退又怕雪豹扑上来，当时他心里就想如果此时有一个换粮的或者放牧的哈萨克族牧民路过就好了，至少可以给他壮壮胆，可那天真是邪门，在他和那只雪豹足足对峙半个多小时之间，那条路上竟然没有一个人路过。大概那只雪豹刚吃过什么东西肚里有食，对父亲也没多大胃口，最后见父亲没有要伤害它的意思，便打了一个嗝，朝天空吼了一声，才不慌不乱地挪动步子消失在梭梭林。父亲见雪豹没了影子，这才慌忙骑上自行车一路狂奔回到连队的家中，他对母亲说那是他这么多年遇到的最害怕的事了。对于西戈壁的狼，父亲说他并不感到害怕，因为一个人和单匹狼的较量，在西戈壁职工中是常有的事，狼还是处于下风的，但对比自己身体大几倍的雪豹，父亲说从望见的第一眼起，他就知道自己不是雪豹的对手。父亲的害怕和恐惧，从他脱下的衣服可以拧出水来就能感觉出来。但是生长于雪山的雪豹为什么会出现在西戈壁沙漠中是我一直没有搞明白的事。按雪豹的生活习性，他应该生活在天山深处的雪域之地，而西戈壁农场离天山的最近处也有100多公里，是什么原因使这只雪山之灵误闯入了戈壁，对我来说始终是个谜。在父亲遇到雪豹10多年后（我已在西戈壁农场机关宣传科工作），农场车队的几个司机师傅去芨芨庙水库钓鱼，他们竟然在水库旁边一个深深的菜窖里捕捉到了一只不知是什么原因而掉入菜窖里的雪豹。那时候人们对动物已经有了保护意识，将雪豹弄上来后立即给师部的动物专家打电话。专家来后看了说，这只雪豹可能因为追捕猎物或觅食而走出了大山，我们应该将其放回大自然。当我提出雪豹为什么出现在沙漠深处这个问题时，专家说，这不稀奇，西戈壁农场虽然离天山有100多公里，可对一只想要填饱肚子的雪豹来说，这点距离在他的脚下不费吹灰之力。当然，雪豹即便为捕食而暂时离开栖息之地，但也会嗅着雪山的气息返回到它长年生活的地方，这是每个动物的天然本性。

西戈壁农场场部以南的连队职工换粮大都会去县城，因为那些连队离县城近。而农场场部以北的三、四、五队则大都会去蔡家湖的一〇三团。但由于每个连队距离相差好几公里，到那儿换粮就有了不同的选择。当然如果家里没有自行车，而靠两只腿担着担子或背着袋子步行换粮的，则可以翻过邓家沟干水库直接抵达靠近团部的一连、二连。步行走的距离最短，但途中有几条深沟要翻。

父亲为什么会选择去蔡家湖一〇三团团部换粮，而不是到团部附近的连队，这是有原因的。

蔡家湖一〇三团团部商店门前有个自行车修车铺，修车铺的师傅姓陈，人们都喊他陈师傅。陈师傅当时50多岁，是位兵团老战士，他是1946年在山东参军，那支部队原属山东渤海军区教导旅，后来改编为西北野战军王震将军所属的第二纵队独立第六旅。在解放大西北的征程中，又改编为第一野战军第二军步兵第六师，在解放兰州战役中，陈师傅的胳膊上中了一颗子弹，伤好后虽然能抬起胳膊但终究出不了大力，但他又不

愿吃闲饭让部队养着，于是当部队转业为生产建设部队后，团领导考虑陈师傅是位战斗英雄，根据他参军前在工厂做过工，懂些技术，便在团部商店门前专门开了一间修车铺，一来服务团场职工，二来使陈师傅有活做，发挥其手艺优势。这两全其美的事让陈师傅很高兴，修车铺人多嘴杂，陈师傅又是个热心肠的人，夏天凉开水，冬天煮浓茶，搞得进商店买东西的团场老少有事没事总爱到陈师傅修车铺坐坐，天南海北的侃一阵，肚子喝饱水方才乘兴而去。陈师傅待人热情，修车更是一把好手，父亲是好几年前因为换粮时自行车的链条断了，受人指点找到陈师傅的修车铺两人相识的。父亲在和陈师傅边干活边闲聊的过程中双方都听出了对方的家乡口音，彼此很是激动。链条接上后，陈师傅紧紧握住父亲的手说，来新疆20多年了，今天可算是遇到家乡人了。原来陈师傅和父亲的老家都是江苏邳县（今江苏邳州市）。父亲的家乡在运河镇，陈师傅的家乡在宿羊山镇，前后相隔不过几公里路，而父亲一个堂弟的外祖父就是宿羊山人。陈师傅听父亲这么一说更加高兴了，他说亲不亲故乡人，那咱不光是老乡而且是打着骨头连着筋的亲戚了，今天一定到家里认个门，兄弟咱俩要痛快喝一杯好好唠唠嗑。

陈师傅家离修车铺不到200米，就在商店后边的一排平房中间，那时兵团职工的住房类似于部队的营房，一排排整整齐齐，一排房子共6间，每户人家2间，每家人根据孩子的多少再对2间房子自行进行分割。因为临近中午，陈师傅的老伴和上学的2个孩子也都在家。陈师傅的老伴是陈师傅到新疆后回老家娶的，和陈师傅都是家乡宿羊山人，陈师傅的老伴得知父亲也是邳县人，心情也颇为喜悦，一会儿工夫就从厨房里端上几个菜上了桌，而且还有一盘父亲百吃不厌的盐豆子炒鸡蛋的家乡菜。父亲对倒着酒的陈师傅说，老哥，你也喜爱这口？陈师傅笑着说，家乡的味道走到哪儿也忘不掉啊。不要说是我们，就连我出生在这新疆的2个孩子，虽然没自幼在这生长，但随着我们的饮食口味，对这盐豆子也过口不忘呢。几天不吃还嚷着他娘给他们做呢。在吃饭的过程中陈师傅对父亲说，以后来换粮就不要挨门挨户地问了，我们团场也开始搞"运动"了，有些人整天不干正事，老是要抓这抓那的，碰到他们把你的粮食没收了也是干瞪眼。不过，万一遇到什么难缠的人不好对付，你就说是我家的亲戚，亲戚之间送点什么东西总还说得过去，再说我这个"战斗英雄"在团场人缘还不错，一般的人不会跟我过不去。陈师傅这个话说的不假，父亲在团场换粮的日子里也曾有好几次被人抓住要没收粮食，凭着"陈师傅"3个字的金字招牌，每次都化险为夷。那日陈师傅送父亲出门时，给父亲自行车上又放了袋20公斤的玉米面。父亲张口拒绝，但陈师傅摆着手说，老哥，你就别客气了，你们西戈壁农场粮食供应的情况我知道，家家都难啊，老哥就不要推辞了。在将父亲送往返回西戈壁的路上时，陈师傅又叮嘱父亲以后来换粮可直接到家里，周围邻居我清楚，谁家需要换粮，下家我事先给你找好，或者把要换的粮食放在我家，这样换起来省事方便，也减少了不必要的麻烦。父亲听了陈师傅的话很是感动，这初次见面的老乡考虑得周到周全啊。在这遥远的西部大戈壁的沙漠里，就因为几句家乡话就一下子拉近了人与人之间的距离，解决了父亲每个月都要出门换粮的天大难事，别提父亲那天心里的高兴劲儿了，从团场出来，父亲心里感到特别温暖。他一鼓作气地驮着50多公斤的粮食就骑车回到了连队。不知道是遇到陈师傅这个家乡人引起的激动，还是很长时间没有沾酒了，陈师傅家几杯酒燃烧的兴奋，抑或是因为陈师傅无偿给了20公斤粮食而感到的沾沾自喜，总之那天父亲回到家里的话特别多，我们几个孩子那天也特别高兴，因为母亲那天破天荒做晚饭时不仅糊糊稠不限量地允许我们喝，而且玉米面发糕也使我们饱餐了一顿。晚上睡在炕上，我听母亲对父亲说，你说陈师傅对咱这么好，给了这么多粮食，咱们也不能亏了人家，咱家穷没啥可送的，下次去把咱家养的兔子带上两只，也表达一下咱们的心意。

自此之后有五六年时间，父亲每次去蔡家湖一〇三团换粮都去找陈师

傅，这确实让父亲减少了许多麻烦。20世纪70年代中期的一年深秋，当庄稼收割完毕拖拉机冬翻之时，父亲又驮着20公斤大米去陈师傅家。这段时间由于秋收秋播忙，父亲有两个多月没到陈师傅家了。可那天父亲在陈师傅家门口等到中午也没见到陈师傅的身影，不仅陈师傅没回家，连他的老伴和孩子也都没回来，父亲有些奇怪便去修车铺打听陈师傅的下落。修车铺的另一个师傅告诉父亲，十几天前陈师傅接到老家的一封电报，说是他80多岁的老父亲患了重病，他就立马和老伴回老家探亲去了。修车铺的师傅告诉父亲，陈师傅的两个孩子因为要上学就没跟陈师傅和老伴回老家去，而是让一个战友照料。修车铺的人大概看着父亲眼熟，问了父亲的姓名后说，陈师傅探亲走的时候有交代说是他的西戈壁农场老乡来找他换粮，就让老乡去找团部一个战友，他也交代战友帮父亲换粮。听了修车铺师傅的话，父亲心里一方面感谢陈师傅想得周到，要回家乡探望病危的父亲了，还挂念自己换粮的事，但心里另一方面又不想去麻烦陈师傅的战友。于是父亲决定自己随便找个人家换粮，哪怕价格低一点也没关系，父亲不敢在团部周围转悠，心想离团部远点可能会好些，便骑着自行车往团部北10多公里路的八连，父亲以前也曾来过这里对此地并不陌生，父亲想一般换粮的人都不会舍近求远，再说此地偏僻防范应该松懈些。谁料想说啥怕啥就有啥，刚进入连队居民区，就有一个30多岁背着枪的民兵把父亲堵住了，他瞧了一下父亲自行车后架上驮的大米问，是不是来换粗粮的？父亲当时推着自行车，自行车后架上的粮食口袋足以说明一切。知道这马虎眼是无法打过去的，于是便点点头算是回答。那个背枪的人说，我们连正在搞抓资本主义尾巴的运动，不允许破坏国家的粮食政策，你这种换粮的行为就是投机倒把，懂吗？幸亏碰到我，要是遇上别人会把你这粮食没收的，趁现在没人发现，你赶紧走吧。听了背枪人的话，父亲心里一惊，心想幸亏遇到了好人，否则今天可就摊上麻烦了。父亲对背枪的人连连道谢，为了避免大米被没收，父亲当天急急忙忙躲着人将大米又驮回家中。到家时天已摸黑，父亲将当天换粮的遭遇讲给母亲听，母亲听得心里也一惊一乍的，她说，亏得咱们上辈子好事做多了才能遇到好人，否则大米被没收不算，再给你弄进去扣个什么帽子，定个什么投机倒把罪，那咱们一家老小可怎么活啊。父亲见母亲一脸愁色便宽慰道，不就是换个粮食吗？不是为了填饱肚子谁愿意担这个风险？可话又说回来，这种事又不是我一个在做，全西戈壁农场谁家不缺粮谁家不换粮，真要抓住又能怎样？父亲虽然话这么说，嘴上硬，但心里盘算一番还是决定为了减少不必要的麻烦，一〇三团在陈师傅回来之前，暂时不去了。他说他下周准备到县城去转转，换个地方去试试。

二

尽管父亲嘴上对母亲说到县城换粮显得很轻松，其实他心里并无把握。因为一则他在县城没有一个熟人，二来是这么多年来他一直在一〇三团团场换粮，除每年夏秋，连队做交售公粮时随拉粮的拖拉机走上个几回（而且也仅限于粮库附近），县城的东南西北都未搞清楚。但因为换粮这事他不好指望母亲。这倒不是母亲不能去换粮，在我家未购买自行车前，母亲和大姐也曾挑着担子随连队的人一起去一〇三团换过粮。但因为换粮路途较远，挑着担子要走近20公里，确实把人累得够呛，自从家里有了自行车后，连队换粮主要是靠男人（而母亲当时又不会骑自行车），再加上父亲自夸嘴巴上有功夫，而换粮又需要和不同的人打交道，遇上不同的人家红脸白脸都要唱，主要目的是想多换点斤数，而父亲那些年在换粮这件事上确实也显出了他嘴巴上的能力。他每次兑换回来的粗粮，相比连队其他职工兑换回来的数量上都要多一点，而父亲每次回来都像占了很大便宜似的，给母亲汇报时未免沾沾自喜，满脸显露得意之色。

正当父亲为去县城换粮而找不到门路犯愁时，我们家邻居占国旗最先把好事送上了门。因为我们两家同住一排房子，相互走得也很亲，占叔家的孩子和我们家一样多，只是男女孩子数量上正好相反，我们家是三女一男，占叔家是三男一女。我和占叔家那个叫"北京"的女孩同岁同上小学一个年级。占叔是浙江人，他是1968年从东海舰队复员来到西戈壁的，当时在连队担任统计。占叔有文化，参军前读过初中，此人办事利索，鬼点子忒多，是连队里父亲所佩服的极少数的几个人之一。当时占叔的老伴正在县城医院住院，得知父亲要去县城换粮时，占叔说前不久他也在县城换回两袋子粗粮，兑换的价格和一○三团也差不多。因为在医院工作的"臭老九"多，这类人家饭量又不大，家里的粗粮是吃不完的，我给你找好人家，你下个星期就可去县城医院找我，不会让你放空的。这真是踏破铁鞋无觅处，得来全不费工夫，父亲那几天为换粮而堆积起愁云的眉头，占叔的几句话就让他舒展了。

一个星期很快就过去了。那时已是11月底了，西戈壁农场已经飘过两场小雪了，大地已冻得结结实实的了，人们也早早穿上棉衣，骑自行车必须有棉手套护着才能抓牢车把。那天的早晨天色雾气一团，父亲就骑车出发了。因为去县城比去蔡家湖一○三团远个10多公里，大约有40公里，而且那时候农场途经县城的路都是黄土路，大坑连着小坑，有的地方由于秋季大水漫过渠道，冲垮了道路，有的地方只能在渠岸上行走。遇到这种情况，只有推车前行，所以很是费时费力。那天由于父亲起得早，虽然道路崎岖不平，但还是在中午12点之前赶到了县医院。在县医院占叔见到父亲，告诉他换粮的下家已替他找好了，是这个医院的一名女大夫。占叔让父亲在医院门口稍等，他进了医院的住院部不大会儿就领着一个穿白大褂的40多岁的女大夫走到父亲跟前。占叔对女大夫说，这是我的邻居，也就是要给你换粮的人。女大夫点点头对父亲说，我在前边带路，你在后边跟着就行。现在县城搞运动，别让人抓住了，我俩都脱不了干系。父亲听了女大夫"搞运动"的话不免又叹了口气，心想这"搞运动"什么时候能结束呀，弄得换粮像做贼一样。见父亲愣着神，女医生又对父亲说，我说的话都记住了？父亲这时好像才缓过神来，他对女医生说，好的好的，知道了，你只在前边走，只要我能看见你就行。女大夫说医院的家属区离这儿不远，出了医院拐过两个路口就到。

这时已是临近中午，下班放学的人在路上行走的很多，父亲推着自行车紧盯女大夫的背影在人群中穿引，生怕跟丢了。拐过第一个路口，一切都平安无事，正当父亲长出一口气暗自庆幸要拐第二个路口时，猛听背后有人喊：站住、站住。父亲知道这"站住"的喊声定是冲着他来的，但装作没听见在人流中将自行车推得更快，但背后的喊声更加急促响亮，并明显带着怒气：那个推自行车的，立马站住，否则要开枪了。听到要开枪的喊话，父亲的脚好像再无力向前挪动步子了。因为刚才跑得急，父亲只顾朝前推着车子，这时停下脚步再抬头看前面带路的女大夫此时早不见影儿了。转过身一回头见一个戴"红袖标"的人从路口一间类似岗哨的屋子里跑过来，手里拿着一根擀面杖长短的棍子，不过那棍子上刷上了红漆，看上去特别刺眼，他朝父亲用力地挥舞着棍子。父亲知道在这人生地不熟的地方，此时即使他有一双翅膀恐怕也很难飞得出去，只好停住脚步。不一会儿，那个30多岁戴着"红袖标"的人走到父亲跟前，他狠狠地瞪了父亲几眼，用手里的棍子敲打着父亲自行车上的大米口袋，边敲打边说：你跑啊，怎么不再跑啊，告诉你"跑了和尚跑不了庙"，不听话，小心子弹飞进你这脑壳。围着自行车转了一圈"红袖标"问，你这是要干什么去？父亲对县城不熟，再说一下子遇到这事，平常的三寸不烂之舌，此时像是哑巴了，一下子也没有编出个理由，停顿了好一会儿嘴里才咕哝道去老乡家。"红袖标"冷笑一声，去老乡家？你老乡家叫什么名字？是哪个单位的，干什么工作的？你如果路不熟，找不到这个单位和人，我们"纠察队"可以带你们去啊。父亲此时才知道面前这个"红袖标"是"纠察队"的人，因为那个年月各类"组织"和各类"纠察队"太多，至于是哪个"组织"和"纠察队"一时也无法弄清。一向能言善辩的父亲在"红袖标"的连续问话面前顿时没了底气，或者说脑袋被撞了墙结结巴巴地说，你问这些干什么？这和你有什么关系吗？"红袖标"听了父亲的话或许感到这话问得可笑，或许感到眼前这人太迂腐，连自己戴着"红袖标"是干什么都不清楚，便嘿嘿两声冷笑着说，什么叫有关系？这关系可大了，老子是县纠察队的，是专管你们这些给社会主义抹黑、挖社会主义墙脚的投机倒把分子的。今天遇上我算你倒霉，你这自行车上驮的是什么，是大米吧？没二话全部充公。说着话"红袖标"很麻利地将父亲的自行车上捆绑大米的绳子解开，把那半口袋大米给拎了下来朝不远处的岗哨房走去。父亲一见大米被"红袖标"拎走了这下着急了，这可是全家人一个月的口粮啊，如果被"红袖标"没收了，这个月的日子该怎么过啊。于是父亲紧随"红袖标"进了岗哨房，不停地给"红袖标"说好话，做检讨。多年后，父亲还记着当时他给那人作揖的情景，父亲说有句话叫人穷志短，那次为求人要回大米，切身体会到了那句话的真正意义。那天我是把肚子里的好话都说尽了，末了差点给"红袖标"跪下了，可那"红袖标"就是无动于衷。到最后父亲甚至乞求"红袖标"让他拿一半走，回去也好给老婆孩子一个交代，可那"红袖标"那天为能白捡漏这一袋大米而感到得意，岂容这煮熟的鸭子飞走。于是，他跷着二郎腿对父亲所有的话置之不理，最后见父亲横下心不给大米赖着不走的样子，便有点怒从心头起，他对父亲吼道：你赶紧给我滚，否则我就打电话让人把你送到我们纠察队队部去，到时候你就是想走都走不了。父亲听了"红袖标"气急败坏带有威胁的话，知道今天碰到的这家伙不是善茬，是存心想吞掉他这袋子大米。但如果再纠缠下去，怕万一把这"红袖标"惹恼了把自己关起来，那可真是回不了家了。说起来，"换粮"本身就违背国家的粮食政策，定个什么罪名还不是由他们说了算。父亲见"红袖标"冷若冰霜的脸，无奈只好从岗哨房出来骑车子又跑到县医院找占叔叔。占叔见父亲自行车架上空空，便猜到一定碰到了什么不测之事。父亲没待占叔张嘴，便急忙将"红袖标"没收大米的事重复了一遍。占叔听完父亲的话没有立即说什么，而是卷了一支莫合烟吧嗒吧嗒地抽起来，直到一根烟抽完，他才问父亲，你有什么办法吗？父亲苦笑了一声我有什么办法？如果我有办法还会来找你吗？

父亲和占叔两人在西戈壁农场算是名人，当时农场职工有句口头禅，叫"龚昌盛（父亲）的'嘴'，占国旗的'鬼'"，意思是指父亲上知天文下知地理，中外古今的奇闻趣事没有他不知道的，嘴巴上的功夫厉害。而占叔的"鬼"除了指点子多外，还指他遇事有办法，解决问题有智慧，是褒义。见父亲一脸愁云六神无主的样子，占叔问父亲那"红袖标"说要把你往纠察队送了没有？没有。父亲说要送纠察队我还能站在这儿吗？占叔又问那岗哨房里就"红袖标"一人？是的，父亲回答。"红袖标"把你的大米拿进屋后，向外边打电话没有？没有。占叔在和父亲一问一答之间仿佛有了什么主意，他拍了一下父亲的肩膀说，既然"红袖标"没有把你交给纠察队，而且又没有将没收的大米报告他人，我估摸十有八九这个家伙想私吞你这大米。现在我们趁大米还在岗哨速战速决，把大米要回来就行了。父亲说你说得简单，你怎样才能要回大米，那"红袖标"能听你的？占叔笑了笑对父亲说，我说能要回来就有能要回来的办法。从现在起，站在你面前的就不是占国旗了，而是西戈壁农场的革委会徐主任（徐主任是我们西戈壁农场当时的革委会主任）。徐主任？父亲看着面前的占叔，以为自己的耳朵出了问题。对，就是徐主任。占叔问父亲，怎么，不像吗？占叔在支边前在部队上服过役，虽然穿着一件半新不旧的军衣，但军人气质犹在，如果不认识的人说他是西戈壁农场的徐主任没有人不相信的。父亲说可你不是徐主任。父亲在和占叔的对话中，立马明白了占叔要回大米的办法，他对占叔这个既新奇又大胆的举措震惊了。他想这个点子也只有占叔能想得到，西戈壁除占叔外别无二人，不由得佩服起占叔的智慧和胆识。占叔说没收你大米的"红袖标"认识徐主任吗？肯定没见过，我说自

已是徐主任，他还能随我去西戈壁查去？这种逢场作戏的事我还是能拿捏得住，到时候你看我眼色行事就行了。父亲只顾点头，可以说从那时起父亲对占叔的钦佩之情油然而生。那时已快到下午上班时间，天空中飘起细细的雪粒，打在人的脸上生疼生疼，可父亲哪顾得上这疼痛，听到占叔用计谋能帮自己要回大米，急匆匆地蹬着自行车将占叔驮回那个他离开不久的岗哨。一进了岗哨门父亲便用眼急急一扫，见自己那袋大米还放在"红袖标"身后的屋墙角，心里暗暗松了口气。占叔见"红袖标"正端着茶缸子，斜靠在椅子上喝茶，首先背了一段当时流行的语录。听占叔背语录字正腔圆，速度又快又好，"红袖标"立马从椅子上跳下来，站立身子两手抚着桌子，也背了一段。占叔没容"红袖标"喘气，紧接着又背了两段文字较长的语录。这下"红袖标"接不上口了，嘴中结结巴巴的说话也不流畅了。见"红袖标"有些狼狈，这也正是占叔要的结果，占叔觉得在心理上他已经赢了一筹，便给父亲使了个眼色。父亲马上对"红袖标"介绍说，同志，这是我们西戈壁农场革委会徐主任，是为我的事专门到这里来的。占叔没有搭话而是对"红袖标"点点头。直到"红袖标"的手伸出来好几秒，他才伸出手来握了握"红袖标"的手。这"红袖标"见占叔一副直挺挺军人的威武身姿，在心理上自觉在占叔面前矮了半个头，嘴里连声说欢迎、欢迎首长检查工作。不知是因为见到革委会主任这样的"大人物"而感到激动，还是因为做了什么亏心事而心虚，一下子鼻尖上冒出了许多的汗珠。"红袖标"不顾擦掉脸上的汗珠马上搬过椅子说，首长请坐、请坐。占叔摆摆手没有坐下。"红袖标"刚才的一切举止都被他看在了眼里，他又问"红袖标"，你们是属于哪个组织的？领导叫什么名字？"红袖标"连忙一一做了回答。占叔边听边点头，他对"红袖标"说，很好，你们组织的"刘司令"我和他非常熟悉，前几天我们还在一起开会。占叔指着父亲对"红袖标"说，这位老同志也是吃糠的（那时有四种人被称为纯粹革命队伍的人，即吃过糠、扛过枪、渡过江、负过伤），不过由于家庭人口多，阶级觉悟低，不得已将自家省下的大米偷偷拿出来换点粗粮，他的这种做法给我们贫下中农丢脸，也给我们西戈壁农场抹黑，对他的这种行为我们农场要严厉地批评教育，责成他本人写出深刻的检查，接受全场大会的批判。占叔一边对"红袖标"滔滔不绝地指出父亲的错误，一边顺手将墙角的大米口袋拎起来递给父亲说，还不赶快回去写检查。在"红袖标"还没有反应过来是怎么回事之际，父亲接过大米口袋就出了门。"红袖标"眼看着父亲拎着大米口袋扬长而去，立马有些急了，他挪动脚步也想夺门追出去，可门又被占叔有意给堵住了，占叔见父亲出了门便紧紧攥住"红袖标"的手说，你今天的做法很好，绝不能放过一个坏人，下次开会时见到"刘司令"我一定提出让他对你表扬。对了，我代表西戈壁农场革委会和全场的革命战友，欢迎你到农场检查指导革命工作。

占叔真不愧人们送他的"鬼"的称号，他那一番虚张声势抑或是花言巧语的话，把"红袖标"真拍得头晕眼花、云里雾里分不出东南西北了，眼睁睁地看着父亲和占叔离开了岗哨，并且临别还不停地向占叔敬礼。

三

那天晚上，父亲驮着那袋20公斤的大米又回到家中。母亲一望米袋子就知道去县城换粮又没有着落。母亲这人这点特好，遇到什么事特别是不顺心的事，她从来都不会去追问别人。她知道当一切平静后，该说什么别人自然都会说出来，而当别人正怀揣一股子闷气或正恼怒之时，你去刨根问底不是更招惹别人吗？果不其然，待吃过晚饭，父亲和母亲躺在床上，父亲才将今天换粮所发生的事告诉母亲，父亲说这话时并没有像往常一样夸大其词或含有水分，而是一五一十地还原当时的场景。母亲听得心惊肉跳，并吓出了一身冷汗。母亲说，那今天大米没被没收，应该是喜事啊。父亲说也可以这么说。母亲又说，他占叔这人有真本事，一般人可没

有这道行。

那年占叔的老伴得了食道癌，从医院回到西隔壁不到一个月就去世了。又过了一年，占叔调回浙江老家临安的一个林场工作去了。但他和父亲一直保持通信往来，掰手指算算占叔今年已经有80多岁了，不知道他可还记得这些陈年旧事。

父亲两次出门换粮都险遭不测。母亲对父亲说，事不过三，你前两次去换粮都是又惊又险让人捏把汗，听你讲的过程让我的心怦怦跳个不停，你要是再去换粮准触霉，下次我去吧。你去？父亲问。我去，母亲说，以前又不是没出门换过粮，你就老实在家里待着吧，我是个女人即使碰到什么事，女人一哭二骂三上吊，想必会比你们男人更有办法些。

母亲这人做什么事都雷厉风行，而且说一不二，她认准的事别人是很难让她改变主意的。她说她要去换粮，父亲知道是无法劝阻她的，更何况在我们家未购置自行车之前的几年，母亲和我大姐以及连队的许多女人也都肩挑背驮地徒步去一〇三团换粮。直到前几年家里有了自行车，这换粮的任务才算落到了父亲的肩上。

父亲骑车和连队人徒步去一〇三团换粮走的不是同一条道。骑车需要经过五连而后右拐穿过戈壁，这条路较为平坦，也是平常大车小车行的路，但需要多绕行10多公里。靠脚力一般是经过连队一户哈萨克族巴巴胡马家后边的邓家沟，从劳干大渠的干水库旁直奔一〇三团团部上游的二连、三连即可。那时连队有一半人家购置了自行车，但没有自行车的人家依旧需要靠脚力去换粮。所以母亲决定自己搭伙和别人去换粮，我们全家人居然没有一个人感到奇怪，而且也没有一个反对的声音。

又过了一个星期，当西戈壁所有裸露的土地都被第一场大雪覆盖的时候，母亲随我们连队10多个男女披着天空的星星肩挑背驮的就出门了，他们换粮的地方不是蔡家湖，而是和我们连队几乎平行的二连。母亲前几年曾在那里换过粮，对那里的情况也不陌生，还有几个熟面孔。所以她率先提出到这个连队换粮。这次出来换粮，母亲没有背父亲两次未能兑换掉的那20公斤大米（她认为那大米有不祥之兆，需过段时间方能破解），她怕再遇到什么事真把那大米给没收了，那让她真是欲哭无泪了。而是把家中正下蛋的3只母鸡放在了背篓里。为了怕将鸡捂死，她还在装鸡的编织袋上剪了几个洞，好让鸡能伸出脖子透透气。为什么带鸡？母亲当时的想法一是来探探路，看看这儿是不是戒备森严，是否有民兵站岗检查；二是背篓里装的是鸡，即便被民兵抓住，嘴里也好解释，就说是走亲戚的。

谁也没想到母亲用这3只鸡换粮出奇的顺利。她首先找到几年前换粮的一户人家。那户人家的女主人特别热情，不仅没把母亲当外人，还热情地招待母亲吃了顿饭。当母亲说这次没带细粮而是带了3只鸡过来，看可否兑换点粮食时，那户女主人拍手说，大姐，这没问题，一点问题都没有，你用鸡兑粮比你那细粮都管用呢。原来兵团团场当时对职工家庭副业的管理比西戈壁还有过之而无不及，什么家禽都不许饲养，一切按计划供给。那个年月肉、蛋又相对匮乏，所以当女主人听说母亲带着鸡过来马上就满口应承。3只鸡，女主人自己留了一只，另外2只她又给了连队一户生孩子的人家。因为从来没有用鸡兑换过粮食，母亲和女主人也都不知用什么数量兑换合适。母亲嘴里说感谢都来不及呢大妹子看着给就行了。女主人是个非常爽快的人，大概看母亲从老远的地方来换粮也确实不易，就说，3只鸡30公斤玉米面可中？这个数量远远超出了母亲心里的打算，这可是打着灯笼也难找的好事啊。她连忙说，中、中，可中了，可带劲了。女主人看了一下母亲的背篓说，只是这么多粮食，你怎么背得动呢？母亲说，大妹子，放心吧，淮海战役时我可是给咱部队送过军粮的，就这几十斤，我一口气就可背回西戈壁呢。女主人没有说什么，只是对母亲笑笑，她将两袋玉米面放进母亲的背篓后，又从屋里拿出2个白面馒头塞给母亲，说，大姐，带着路上吃。母亲没有客气地接过馒头，她紧紧握住女主人的手说，谢谢！谢谢大妹子，有了你这几十斤，我们家这个月的日子就好过了啊。尔后母亲说当时她说话时眼泪都流下来了，在那个年月人与人之间那份纯朴的感情，她这辈子都无法忘记。母亲的3只鸡居然换回30公斤玉米面，这个数量大大出乎母亲的预料。当然母亲心里也非常清楚，那是大妹子照顾她的，不然不可能兑换那么多。但不管怎么说，几十斤玉米面可着实解决了我们家一个月的口粮，而且她至少在这个月不用考虑家里的吃饭问题，那天母亲开心极了，正如她自己所言，背了30公斤玉米面回到几十公里的家里，途中硬是没有歇脚。母亲说，她也不知道为什么，那天好像有用不完的劲。需要说的是，大妹子给母亲的两个白面馒头，母亲途中没有舍得吃一口，而是揣在怀里。当晚在家中我们每个孩子都分到了一小块。多年后母亲告诉我，当看到我们吃白面馒头那份香甜的样子，她不由自主淌下了眼泪。她觉得作为母亲她亏欠了孩子，竟然无法满足孩子饱饱地吃顿细粮。听说母亲用鸡兑换回了粮食，西戈壁农场的人好像开了窍，以后人们在兑换粮食时不仅仅局限于大米、白面，而是自家饲养的鸡、鸭、兔、鸽子也都成了交易对象。俗话说，鱼龙混杂，林子大了什么鸟儿都有，西戈壁农场有个别人品德低下，感觉用鸡换粮有利可图，竟然拿公鸡冒充正下蛋的母鸡去兑换，而为了使公鸡变成真正的母鸡，挖空心思地在公鸡屁眼里塞上乒乓球，还故意让人摸鸡屁股以证明鸡蛋的存在。团场职工实诚也就相信了，并按下蛋母鸡兑换粮食，待西戈壁换粮后不久，鸡拉屎拉出了乒乓球这才让人恍然大悟。虽然这是个别换粮人贪念之心一时占了便宜，但俗话说"好事不出门，坏事传千里"，这种坑蒙拐骗之事尽管是个别人所为，但给西戈壁农场的名声造成了很大的损伤。以致后来有人再拿鸡去换粮常常招来团场人的白眼。西戈壁的人每每提起这事都很愤慨，这真是"一粒老鼠屎，坏了一锅汤"。

换粮的事一直持续到20世纪70年代末。

那是1978年秋，我已经初中毕业了，我们家那时也已经有了两辆自行车，我和父亲继续去蔡家湖一〇三团换粮。那时一〇三团团部修车铺的陈师傅退休回老家安度晚年已有好几年了。父亲这些年换粮也有了许多的经验，用他自己的话说，已在不同的地方建立了几个根据地和堡垒户。但此次父亲并没有去根据地和堡垒户，而是直奔一〇三团最偏远的十四连。十四连是一〇三团沙漠深处的一个连队，全部土地被梭梭树包围，父亲说因为那地方偏远去换粮的人自然不多，而兑换的数量也要比其他地方多些。那儿还有最大的一个益处是天高皇帝远不用担心有人检查，而且连队很多人家等着用粗粮兑换细粮呢。父亲以前曾到这儿换过粮，因路途太远，也不常来，这次带上我算是路上有个说话的人，所以才决定跑远些，算是让我长点见识。那天我们换粮正如父亲说的那样非常顺利，临走时还有几户没换上粮的人家问我们什么时候能再驮细粮过来。父亲说会来的，会来的。那是我第一次也是我们家最后一次换粮，因为此后没多久，西戈壁农场开始实行大包干的生产责任制了，农场的经济有了大发展，粮食丰收了，每人都大幅度提高了粮食供应量，每个家庭不用去换粮也吃不完了。父亲还要去一〇三团十四连换粮的承诺落空了。那些父母担惊受怕很长一段时间换粮的日子彻底结束了。再后来，粮食供应的本本都作废了，自己想吃什么粮食直接去市场买就可以了，而且每个家庭吃的都是细粮，那些粗粮便成了调剂口味、变个花样儿的主食了。

老蔡

老蔡来西戈壁前是有老婆的。

只是那个女人是童养媳，比老蔡大好几岁，中华人民共和国成立后妇女翻身，首先就要打破这种包办婚姻，虽说老蔡在十一二岁时和这个女人圆了房，但并没有体会到男人和女人之间有多么的快乐和愉悦。老蔡那时的年龄正是上树掏鸟，下河摸鱼的阶段，对这个整天要管着自己的媳妇本身就不待见，所以也就不晓得夫妻应该做的事。童养媳比老蔡大好几岁，正是花儿绽放的时候，老蔡年少不知事，童养媳也只好暗自落泪，埋怨爹娘因家里穷把自家女儿投进了火坑，这日子哪年才能熬出个头。谁料想，解放了，政府提出打破包办婚姻的牢笼和枷锁，这真是做梦也想不到的事啊，童养媳举一百个手表示愿意。于是在乡村干部的见证下和老蔡很快解除了婚姻。从部队上下来的一位女工作队队长还紧紧握住童养媳的手，说她给这地方的妇女带了个好头，要号召全乡村的妇女向她学习，并祝愿她走向生活的新天地。童养媳被喜悦包围着全身，满脸羞红，如村东头桃花河畔的桃花，艳若彩霞。那时候老蔡也已年过十八，本应在童养媳的土地上深耕细作，可由于心没往这方面想，直到童养媳要和自己分手了，才猛然发现原本属于自己的女人是如此美丽动人。可是手指已在分手的协议上按了红印，即便再后悔也是没用的。倒是老蔡的娘哭天喊地地在地上翻滚，不停地叫嚷道：青天白日的，这政府怎么这么不讲理，硬生生地拆散别人的家庭。这女子还没有给俺老蔡家留一男半女，是吃我们蔡家的粮食长大的，她凭什么说走就走了？女工作队长有经验，这种事见得多了，她一手握住插在皮带上的小手枪，挥舞着另一只手说，这是关系到妇女翻身解放的事，难道我们妇女在旧社会受的苦还不够吗？你如果再敢胡搅蛮缠就到乡政府说理去。女工作队长说着话给身边的队员使了个眼色，几个队员假装要将老蔡的娘拉起来去乡政府，老蔡家有10多亩（约0.67公顷）地，在村子里属于吃穿不愁的户，要不老蔡也不可能在村里私塾（学堂）读好几年书。正因为这10多亩（约0.67公顷）地，老蔡家被划为"改造"对象，和没有土地的贫困人家是不一样的，说话也自觉比别人矮半头。老蔡的娘参加过工作队召开的妇女解放的大会，哪敢前去受教育，不待别人动手，便自己爬起来挪着小脚跑进了自家的院子，嘴里还小声嘟囔道，这还让不让人说话了。转眼又狠狠地盯着童养媳，贱货，老天爷让你活不过今晚。

老蔡的童养媳走了以后他才开始怀念起那个女人在的日子。有女人在，老蔡吃饭不用自己做，衣服不用自己洗，晚上还有个暖被窝的，可现在一切都得靠自己。老蔡是家中最小的儿子，上面的哥姐都分家的分家，嫁人的嫁人，都单过着。老蔡的爹去得早，童养媳走后，只剩老蔡和娘守着那个破烂的院子。

不过那时的老蔡不叫老蔡，大人小孩都叫他蔡头。因为蔡头是当初他刚生下时老娘叫的，这样一喊就多少年，直到老蔡从河南老家来了新疆。

他来新疆是1958年8月，国家提出各地支援边疆建设，老蔡所属的乡挑选了500多人组成了一个大队。这次来疆，上级要求自愿报名，组织审查，最好是有家庭的，因为到那去是建设边疆，有了家庭，一是可以稳定队伍，二是不用老惦记老家的事。那时老蔡的娘已离开这个世界两年了，老蔡成了孤单单的一个人。有时候为讨口吃的到哥哥家里混一顿，还招来嫂子的白眼光，这让老蔡脸上挂不住。而最使老蔡要坚决离开家乡的原因是，和他分手的那个童养媳，原来在他家时已经红杏出墙，和一个走街串巷的小货郎早早好上了，待她一拿到分手协议便成了小货郎的新娘，更可气的是在老蔡家这些年都不显怀的她，和小货郎成亲不久便有了一个胖小子。老蔡觉得她老娘其实不应该这么快早早就离开人世的，她是听到童养媳生了胖小子的消息活活给气死的。老蔡在得知童养媳生孩子时倒并没有多少感觉，生儿育女是天经地义的事，这有什么招人恼的。可到老娘去世了，在村子待的时间久了，他便觉得村里人的目光很诡异，令他浑身上下不舒畅。特别是那些整天纳着鞋底爱串门嚼舌根的女人，童养媳能和别人生孩子她们觉得是老蔡有问题。在乡下，一个男人被女人说有问题，那无疑是件很丢脸、让人无法抬头的事。所以，那时的老蔡当得知有报名去新疆的消息后，便积极报名说什么也要去。

老蔡的姑父当时是他们乡负责率队去"支边"的大队长，当时姑父从朝鲜战场上到家乡没几年，在乡政府当个小股长。"支边"的事下来后，乡领导就将这项"重大"的事交给他来办，俗话说，故土难离，再说当时新疆连火车都没通，要让人离开亲人去个几千公里陌生的地方，不是仅凭动动嘴皮子就能让人拖家带口离开家乡，而且这一去，今生能不能再回来谁也说不清。再好的舌头也不如最直接的行动，乡长、书记碰头后找姑父谈了一次话，意思是你是党员，又是从朝鲜战场上下来的革命军人，如果你带个头说新疆多好多好，一定会有人跟着去的。姑父原本没想到让自己负责"支边"最后是这么个结果，他心里可一点儿准备都没有，但是作为一名军人（尽管已退伍），服从命令是天职。他作为"公家"的人，没有理由不接受这项光荣的使命。只是他怕自己父母的工作不好做，硬着头皮把要去新疆的事给老人们讲了，没想到父母倒很开通，他们说，这是大事，不能给"公家"做事的儿子丢脸。他们兄弟姊妹带头去，几家子老人孩子全去，这样村子里一看我们全都要走，肯定认为新疆那地方不错，有好处谁还不顾自家的人啊，保证会抢着去。果不其然，当附近几个村子听说老蔡姑父家几十口人一锅端的要去新疆，都认为这次不跟去以后没有机会了，便争先恐后地报名，超额完成了下达的"支边"任务。乡长、书记握着老蔡姑父的手说，委屈你了。像你这样能踏实做事的干部，我们真舍不得让你走。老蔡的姑父戴着大红花说，都是革命工作啊，说不定新疆需要什么的，我还会要家乡支援的。那是一定的，我们必须尽全力的，放心好了。乡长、书记几乎异口同声。

老蔡也就是那次随姑父一大家子来到了新疆。原来名单上没有他的，他老姑抹着眼泪对姑父说，我们都要去新疆了，留下这个没人疼的娃我不放心哪，再说"支边"也不在乎多一个人吧。姑父没奈何，只好答应下来。

老蔡姑父领着拖家带口的几百人队伍，经过近一个月的跋涉，终于来到了天山脚下的西戈壁农场。因为姑父在原籍就是乡政府的股长，这次又是"支边"带队的大队长，所以来到西戈壁农场后就被直接任命为行办主任。说是行办主任，其实就是他一个人，办公室也就是临时搭建的地窝子。

老蔡来到西戈壁，被分配到农四队"马号"，"马号"是当时农场人对圈养大牲口畜群地方的统称，当时的大牲口主要指马、牛、骆驼。每个连队有几百匹，小一些的牲口畜群则称为"羊圈""猪场""鸡场"等。在"马号"工作对老蔡来说可谓得心应手。这主要因为他从小对牲畜的一种喜爱，曾跟家乡的兽医跑过几年，学过几手喂养和医治牲畜的土方子，没曾想到新疆的西戈壁竟然派上了用场。就因为老蔡治愈了几头大牲口，得到了连长和指导员在全连大会上的表扬，老蔡便心气神舒畅，感觉西戈壁阳光很灿烂，很温暖，他的心被灼得热乎乎的。

老蔡在西戈壁人缘混得很好，连队几百人对他都很尊敬，可以说是最受欢迎的人。这不是老蔡做了什么惊天大事，而是得缘于老蔡一些拿手的绝活。先说老蔡从家乡带来一块磨石，前面说过，老蔡尽管对男女之事不解风情之外，对生活中的诸多事情还是非常精通的，也可以说学有所成。在家乡时家里用来杀羊宰猪的锋利的刀子几乎都是他磨出来的，还有街坊

邻居下地收割庄稼的镰刀，砍柴用的斧头等他也会收拾得锐利无比，来西戈壁农场时，别人都从家乡带一些吃穿用品，不曾想他竟然背着一块10余斤重的磨石来到新疆，更不曾想的是这块磨石在当时极其缺乏各种物资的情况下成了宝贝。不仅连队食堂的大师傅经常磨刀需要求着老蔡，就是一般只要开火做饭的家庭也都离不开刀。这样，老蔡便在人们尊称"蔡师傅"的喊声中，霍霍地一把接一把磨起刀来，那刀与磨石之间的声音在"老蔡"听起来是世上最美的音乐。

还有是老蔡还略通点铁匠和木工手艺。这在当时的西戈壁可是难的"人才"。老蔡到"马号"后为了工作方便，便动手搞了个铁匠炉，因为开荒之初的农场，根本没有任何机械工具，开荒犁地没有牲口之前用人，而交通工具主要是靠马车。场长、政委也整天骑着一匹马从这个连队跑到那个连队检查工作，所以能到"马号"工作在当时的人们看来是挺让人羡慕的一件事。对老蔡来也就格外"荣耀"。铁匠炉搞起来，很快便显示出老蔡的技艺，什么盖房子椽子与大梁衔接之处的长马钉，耙地用的钉齿，钉马掌用的掌子，甚至每户人家的锁扣，在老蔡的铁锤下都成功呈现，只可惜的是那时节农场没有煤炭，炉火靠梭梭柴和梧桐树，火力上欠了一些，只好不停地拉风箱。除了铁器活，老蔡还显示了木匠手艺。其实讲木匠对老蔡来说是高看了，他小时候只是在家乡一个当木匠的亲戚家玩耍过，帮助拉过几次大锯，至于刨、钻、卯等只是瞧亲戚做过，自己并未下手，到了"马号"后少不了用杈、锹、十字镐等工具，工具要修理，当时连队又没有一个木工组，还要送到场部。场部木工组维修的是全场的工具，忙时顾不上就会耽误几天，很是不便。老蔡去场部木工组，送过几回维修工具，看木工师傅修理过几次觉得这不是个难事儿，就用铁匠铺的工具开始维修，不曾想修理好的物件一点儿不比木工组的差，这样，连队的木工活儿又被老蔡给兼顾了。因为生产队劳力干活谁家也缺不了工具，这样大家伙谁也离不开老蔡。老蔡还有一个绝活，那就是平时喜欢到榆树林带和沙枣林带去寻摸铁锹把子，别看一把铁锹，在那个年月的用处绝不亚于战士手中的一杆枪，因为那是挣工分养活一家人必不可少的工具。而一把铁锹的好坏，除了铁锹头，最主要的还是铁锹把子，铁锹把子选得好，有韧劲，干活不仅得力，而且干活时还会感到很轻松；反之，如果铁锹把子是一根直木头，而且横过的手柄再不结实，经常脱落，那会让你凭空多费力气不说，还不出活。所以西戈壁的男人和女人都会为拥有一把带劲的铁锹而炫耀。老蔡选择的铁锹把子一般都带有一个弯度，但那个弯度又不能太大，太大铁锹把子就成了弓形，干农活时手柄处费力；但弯度又不能太小，如果直挺挺的，就形不成巧力。最好的铁锹把子是铁锹头处有个自然形成的弯结，这样的铁锹谁看了都会爱不释手，一见钟情。我父亲说，他就曾得到过老蔡给的这样的铁锹把子，他使用了将近10年虽然换过了几个铁锹头，但那铁锹把子依然韧性十足。老蔡不仅选自然成形的铁锹把子，有时还将一些大拇指粗的树枝故意用绳子拉成了弯头，他说，要不了两年，这些树枝都是上好的农具把子。因为有了这些个手艺，逢年过节，老蔡绝对是各家各户最欢迎的人。那时农场连队过春节，人们都喜欢挨家挨户地串门拜年，而每到一家，主人必定得端上农场自酿的酒，干上几杯，那是老蔡最快乐的时候，从大年初一到十五，老蔡几乎天天都沉醉在微醺之中，满脸的惬意就如喝进肚子里的酒熊熊燃烧。

经过10余年的屯垦建设，西戈壁农场可以说进入了一个繁荣的发展期，各生产连队的住户基本上都从地窝子搬进了用土块垒起的平房，尽管是土块建的房子，但因为墙地基处用的是砖，房檐突出处也用的是砖，对久住地窝子的人们来说，还是感觉到很是气派。而最为可喜的是连队虽然是以工分计酬，但基本上是每个季度发一次工资，这比处于内地农村的吃不饱饭的人来说无异于生活在天堂。老蔡姑父家的三亲六戚，得知新疆可以填饱肚子，便说，看跟着人家吃不了亏吧，没有好事，他家当干部的能全家老少几十口奔新疆去讨活儿。这些话是后来传到老蔡姑父耳朵里的，姑父咧开嘴角只是笑笑，想当初这些人可是宁愿在老家饿死，也不愿去新疆的啊。尽管姑父心里是这么想，但当老家人有人来投靠他时，他还是尽自己的能力能帮助落户的就帮落户，能帮安置的就帮找个工作，实在帮不了的就当个家属，先弄饱肚子再说。因为生活条件的改善，过去住地窝子和单身汉们急不可耐地开始考虑解决"个人问题"了。这里也确有一张8分钱的邮票就可解决的婚姻，但大部分还是依靠老家的亲友帮忙，这时新疆和内地间的火车早开通了，在地窝子存了几年积蓄的单身汉刻意把自己收拾打扮一番，趁冬季连队批准的一个月的假期，往老家奔去，而此时的这些连队职工颇有些衣锦还乡的感觉，有的人不出一个月便领回一个水灵灵的媳妇，有的人虽然当时没领回来，但过了没多久，不仅媳妇来了，丈母娘小姨子也都来了，丈母娘还要求给小姨子也找个对象。一时间西戈壁最响亮的就是鞭炮声，只要一听到鞭炮声，孩子们就会蜂拥而至地跳上蹿下地抢喜糖。

眼瞅着别人都回老家领了一个个光鲜鲜的媳妇回来，老蔡不急，老蔡的老姑可着急了，老姑说，你不能让我们蔡家到你这儿没有香火吧。这样的话你那死去的爹娘会找我算账，我死了也会不得安宁的。见老蔡不回老家寻媳妇，老姑便自作主张地给老蔡分别找了个甘肃和四川的女娃让老蔡瞧。老蔡被逼不过，只好见了面，见了面女娃都红了脸点了头，可老蔡硬是不理茬，气得老姑在床上躺了半个月。下地后说老蔡这个侄子的事她再也不管了。

由于耕地播种用上拖拉机，收割小麦用上了康拜因，牛马在连队生产中的作用已越来越少。许多连队的"马号"都拆了，"马号"里的牛马能卖的卖，能宰杀的改善职工生活的就放倒几匹，有段日子每家每户常常会飘起肉香。总之，"马号"的作用在消退。好在老蔡所在的生产队是个大连队，还有几辆马车，没有将老蔡看管了这些年的大牲口全部分离。但就这样人们感觉老蔡还是变了，不仅话少了，而且头发也由黑变得灰白，尽管年龄不足40岁，但叫"老蔡"从面相上看一点也不委曲他了。老蔡的铁匠炉还在，但好久也不动火了，原因是连队成立机耕组，专门有了修理间，修理间的炉火用的是煤，火力又大又猛，而且不用手拉风箱吹火，用的鼓风机，省时又省力，新来的铁匠师傅不仅能够打制各种老蔡以前打过的东西，并且打得比老蔡还要漂亮，而且，他们还可打造出老蔡连见也都没见过的拖拉机上需要的部件。还有那个叫电焊机的东西，硬是把两块铁给黏合在一起，老蔡觉得不可思议，但现实存在的确实超过了他的想象力。就如一台拖拉机，一天一夜犁的地是几十头牛也干不完的。

"马号"尽管没撤，但辉煌已不在，而且由原来的六个人的组减为两人。老蔡为两个人中的负责人。老蔡对连长说，其实我一个人就够，每周派一个公用工帮我锄锄草料就行了。连长说，还是两个人吧，万一有个什么事，想调休什么的也方便。说完这话，连长还善意地提醒老蔡，年龄不小了，还是要考虑一下个人问题，要不老了连个暖被窝的人都没有，不想耽搁人家大姑娘，找个二婚头，或者寡妇也行，总得有人陪着说个话啊。老蔡说，谢连长关心，只是这事属私事，你就别操心了。一句话把连长咽在那儿半天没缓过气来。送走老蔡，连长对着老蔡的背影狠狠地骂了一句，孬种，活该断子绝孙。

连队的人来自五湖四海，每个人秉性不同，待人处事也各自不同。随着机械在土地种植上的作用越来越大，人们用老蔡的地方也逐渐在减少。生活中有没有老蔡的存在好像也无什么意义，再不像过去，干活的工具哪儿不顺手，就会喊老蔡，老蔡呢？快去找老蔡想办法。现在呢？只有人们骑车或走路路过那没有多少马的"马号"才可以见到蹲着墙根晒太阳的老蔡。那时的老蔡好像已经睡着了，即便有人从他身边经过，他也不会抬一下眼皮，他浑身上下只尽情地享受着太阳给他的温暖。当然，逢年过节老蔡再也不是每家每户的上宾，只有几个当年同来西戈壁的老乡还会喊上老蔡喝上几杯。老蔡也挺知趣，不管过去他帮助过多少人，如果他心里感觉到不痛快他也不会轻易上别人家。虽然见面了，别人还会说，老蔡，春节到哪儿去了，怎么不上我家坐坐啊，你知道我们多想你吗？对这些亦真亦假的话，老蔡总是用一句话打发，"马号"有事离不开，不得闲，感谢感谢啊。

老蔡死于一场火灾。

那是80年代初的一个三月，西戈壁的积雪刚刚消融，原野上有些高冈处已裸露出了泥土的颜色，而大部分的地方仍被薄薄的雪覆盖着。那年的春节来得晚，三月初才过的正月十五，老蔡在一个老乡家多贪了几杯，回到"马号"他的卧室就睡着了，没想到由于没有把炉子关好，炉门的火星燃着了旁边的柴火，顺势烧着了房子。"马号"的房子都是用梧桐树、红柳、芦苇等搭建的易燃之物，再加上三月初从北沙窝刮过来的凛冽的风，他那个房子很快便成了一片火海。风劲火烈，从他睡觉的房子瞬间又燃烧着了马棚、马圈，以及堆积草料的库房，待连队的人发现燃起的熊熊大火提着桶、端着盆赶过来时，那火势已烧得人无法靠近。那时节"马号"里虽已没有几匹马，但在大火还没烧到马圈时，那些仅存的十几匹马已感到了危险的逼近，全部越过关档的栅栏，四散逃去。在这场大火面前，连队的人才认识到什么叫杯水车薪，心里只默默为老蔡祈祷。

老蔡被人从房子里扒出来的时候被烧成焦炭般，已看不出个人形。他的老姑见了侄子那黑乎乎的身体，一下子也就背了过去。因为老蔡无儿无女，父母也都不在了，也不需要抚恤金，这给农场减少了许多麻烦。对这样一个过去曾为连队做出过许多贡献，大家又非常喜爱的职工，农场决定把老蔡的死定为"因公殉职"，因为老蔡所住的房子也是他的工作场所。这个决定得到了农场职工的一致的拥护，人们在不经意间又开始念叨起老蔡所做的点点滴滴的好事。

从此，在邓家沟边那一片坟茔上又多了一块属于老蔡的墓地，只是别人的墓碑都是儿女给立的，老蔡的是连队给立的。不过，老蔡生前人缘不错，清明时节人们去邓家沟扫墓，老蔡的坟前也不缺供品和纸钱。

事情到这儿老蔡的故事也该结束了，但没想到后来出了件事，使这个故事又有了新的章节。

那是在老蔡去世10多年之后，从河南老家来了父子两个人来找老蔡的老姑，他们说老蔡是他们的父亲和爷爷。老姑那时已70多岁，虽然身体不算太好，但耳不聋眼不花，听有人喊她姑奶奶，姑太太便问个究竟？那个也已年过半百的汉子告诉老姑，他就是当年童养媳和小货郎生的孩子。只是他的亲生父亲不是小货郎而是那个已沉睡在西戈壁10多年的老蔡。汉子说，这事是不久前他娘（童养媳）临去世前才告诉他的。他娘告诉他，其实在嫁给小货郎之前她和老蔡已有孕在身，只是她想早早逃离老蔡这个家庭才把事瞒了下来。当然，她和老蔡有孕这事小货郎也是知晓的，只是两人口都封得很紧，再加上老蔡从家乡走出再没回去过，她们自己更没有必要横出这段闲话，现如今小货郎已提前到另一个世界去了，她不久也将离开人世，她不能把事带到坟墓里去。只是由于从未联系不知老蔡比她提前走了。他娘对汉子说，你现在可以去新疆看看你爹了，你爹见了你一定会高兴的，因为你是蔡家的苗啊。老姑没等汉子说完就开始抹眼泪，她说好孩子，你是蔡家的种啊，我认，我认了，只可惜你爹走得太早了，如果他知道他连孙子都有了，不知会多高兴呢。就你们大老远的能来这寻亲爹，你爹死了也可闭眼了。

汉子父子在邓家沟老蔡的坟前磕过头后不久便从家乡接来了家人，农场特事特办，给汉子和家人落了户口，新增了职工身份。再后来，农场建陵园，邓家沟边的坟都要迁到陵园里去了，老蔡的墓自然也得迁过去了，只是那墓碑不再是连队立的。

连队的人说现在才知道，这个老蔡为啥不娶媳妇了，敢情人家什么都不缺啊。

樱花灿烂时

　　父母和"老苟"（不知道他的全名，"老苟"仿佛就成了他的名字）相识不到一年，我们家就从渠西的地窝子搬到渠东边的平房。"老苟"虽然比我父母来西戈壁农场早几年，但依旧住在渠西边的地窝子里，"老苟"为什么没有资格住平房？这不是因为"老苟"是单身，主要是"老苟"的"身份"决定的。其原因"老苟"是一名所谓的"劳教释放"人员。我们西戈壁对劳改和劳教没有区别概念，一律称之为"劳改犯"。"老苟"曾多次跟人争辩，说自己是劳动教养，就是进行教育改造，不是被判刑入狱的，判刑入狱的人才叫"劳改犯"。尽管他说话时头冒青筋、满脸通红，甚至连眼珠都要从那灰蒙的眼镜片后边蹦出来，可难以说服众人。大家伙说，你不叫劳改犯还叫什么，你不是从西戈壁后边的那"围墙"出来的（劳改农场）？这话如一根闷棍，直接把"老苟"打得哑口无言。

　　西戈壁农场组成的人员很复杂，有解放军的正规部队转业的，有"9·25"起义原国民党部队的，有响应国家号召拖家带口"支边"的，也有很多是从老家逃荒跑出来在此落脚的"盲流"，再有的是从当地劳改农场、劳教农场释放出的"两劳"人员。老苟就是其中"两劳"之中的一种。虽然释放了，但无法回原籍，只有服从命令，听从安排，来到西戈壁参加农场的开发建设。虽然也属继续接受改造范畴，只不过这种改造不是在劳教农场而是在西戈壁的生产连队，监督"老苟"的人也不再是穿着制服的公安干警，而是生产连队的干部和职工。

"老苟"尽管对自己劳改还是劳教的区别多有微词，想解释个明白，但因为连队的大人小孩都喊他"劳改犯"，所以他就是想改正过来也没有人理睬，只好作罢，时间久了，慢慢也就接受了这个称谓。"老苟"虽然被释放了，也就意味着有了公民一切权利，但依然必须时时刻刻接受监督管理，而且每10天要写出一份书面检查交给连队，彻底从灵魂深处进行悔改。

写检查对"老苟"来说不是难事，可以说出口成章，一气呵成。不仅写出了思想上触及灵魂，改造了世界观，而且找到了重新做人的奋斗目标，总之，"老苟"的检查总能在连队大会上赢来一片掌声，而每到这时候，"老苟"的喜形于色和狡黠同时写在了脸上。我母亲对父亲说，你可注意到"老苟"读检查时的那副嘴脸，一看就是"两面人"，嘴里喊着低头认罪，背后不知道有多少"反骨"呢，这样的人可不是什么好"货"。父亲说，我怎么没有看出来，我觉得"老苟"检查写得挺深刻，既符合当前形势，又突出了政治，而且还从思想深处进行了深挖和解剖，不是我说的，在咱西戈壁，能把检查写出这般文采的人"老苟"可以说是独一无二。母亲说，拉倒吧，你只是看到他的文采，我可是看到的是他的骨头，不信咱走着瞧，这家伙不会老实的，瞧他不安分那样儿也不是那种省油的主儿，保不准哪天又会惹大祸的。父亲说，你有什么不好说，还有咒别人的不好的。母亲说，我不是咒他，我是看不得他那副嘴脸。要说有文化，你看咱场部的何院长那算是真有文化吧，还是留洋归来的博士，在国民党部队的大医院都当过少校院长呢，起义了成了咱西戈壁医院的院长，人家的医术咱就不说了，这是摆在面上的事，谁不服都不行，就是对每个病人说话和蔼可亲的态度，咱西戈壁老老少少谁不称赞，人家那可真是大知识分子呢。这个"老苟"算什么，就算肚子里有墨水，也是个半瓶子的东西，不晃荡几下好像显不出自己的分量。父亲对母亲的话一时找不出反驳的理由，只好无奈摇摇头。

　　母亲为什么这么不待见"老苟"，这是有原因的。"老苟"到西戈壁时我们家还在乌鲁木齐。"老苟"比我父母早五六年来到农场。"老苟"虽然是被劳教释放人员，但在我们西戈壁农场是数一数二的文化"高"人，因为西戈壁虽然由各路人员组成，但这些人大都没有多少文化，特别是生产连队，能够读书念报就算是大知识分子了。"老苟"在连队一落脚，就充分展示了自己的文化分量，那就是给刚出生的小孩子起名。正是因为给孩子起名，母亲对"老苟"就没了好印象。西戈壁连队不识字的人给孩子起名就是顺嘴一叫，男孩子军、兵、才、龙之类；女孩子大多起名为娟、花、彩、莲之类，找"老苟"起名他却非常有针对性，也充分炫耀了他的才华。连队有户姓梅的湖北人家生了个千金，便请"老苟"给起个好听点的名字，"老苟"对梅说，这是你们梅家在西戈壁出生的第一个孩子，你们对孩子的愿望是什么？梅说，那自然是当大官好了，不用在这个鬼地方面朝黄土的辛苦。"老苟"说，那要当多大的官呢，主席、总理不太可能。你想想最大的官应该是什么？梅搔搔头皮，当村长，官太小，只能管一个村子，乡长就很厉害了，可以管好几万人，县长呢？当个县长那不就威风极了。于是咧着嘴笑着说，县 …… 县长。"老苟"哈哈一笑，那就起名叫"县长"吧，"梅县长"这三个字还不让你家祖坟冒青烟。一席话说得梅赶紧连连端杯给"老苟"敬了三杯酒，想想，一个女孩儿叫个"县长"的名，也亏"老苟"能想到。连队有两个职工，一个叫"张强"，一个叫"张立"，虽然这两人都姓张，可没有什么牵连，一个是从安徽"支边"的，一个是从江苏"支边"的，只不过"张强"是比"张立"大几岁，两人同在一个大班，年龄大的"张强"是班长。因为"张强"是班长，干活时两人没少摩擦，这"张强"有意无意间就爱挤兑"张立"。"张立"对这个"张强"很有意见，言语间经常冒出火花，但论打架自知又不是"张强"的对手，只好将愤怒埋藏于心。当然，也有让"张立"无比骄傲的事，这"张立"虽然年龄小却娶了个花朵般的媳妇，而且很快有孕在身，这"张强"却至今光棍一条。"老苟"来连队的第二年，"张立"的媳妇生下了个大胖小子，"张立"请"老苟"给儿子取名字。"老苟"知道"张强"和"张立"之间有矛盾，便笑着说世间你儿子再没有比"张强"更好的名字了。"张立"说，我见到那个人气就不打一处来，怎么要起这个名字。"老苟"说这个名字你连喊几声听听，我保证你所有的对"张强"的怨恨都会消除了。那为什么？"张立"不解。"老苟"说，看来只缘身在此山中，现在你叫"张强"就会亲热好多，因为"张强"是你儿子啊。"张强"是我儿子，看以后儿子再敢欺负"老子"。这名字让"张立"对"老苟"好一阵吹捧。名虽好也解了"张立"的恨，但自此以后"张强"和"张立"更是势不两立，一见面两人犹如斗架的公鸡。1964年10月16日，我国第一颗原子弹爆炸，正巧连队又有一户人家生儿子，"老苟"说，这真乃喜从天降啊，这儿子就起名"原子弹"好了，既神圣又光荣，保准不会有重复的。自此"原子弹"这名不仅响彻了连队，甚至传遍了西戈壁农场。

虽然母亲从心底对"老苟"没有好感，但"老苟"却有事没事总爱从渠西头的地窝子串到东头我们家来闲聊。因为"老苟"认为，在西戈壁能够和他有共同语言的只有我父亲。父亲自幼读私塾，除了理科外，四书五经、唐诗宋词背诵不在"老苟"之下，而且有许多的历史典故、人物和事件父亲娓娓道来，常常让学历史的"老苟"大吃一惊。"老苟"嘴里还不时夸父亲两句，想不到在西戈壁这地方还卧虎藏龙，也不枉我在这个兔子不拉屎的地方虚度了人生最美好的时光。父亲也是个喜欢被人奉承、被人戴高帽的人，"老苟"的几句谄媚之辞令他一下忘去了往日的伤疤，自己如何从城市来到了戈壁，眼神也随着"老苟"肉麻的赞誉绽放出了灿烂的光芒，好像自己真是藏在深山的宝玉一下被开采了出来，有种熠熠生辉的眩晕。而每每到此，母亲就会用炒菜的锅铲在锅边狠狠地敲击几下，震得父亲立马从那种幸福的眩晕中跌回到现实，只好冲着"老苟"一笑，哪里哪里，我只是个土包子，上不了筵席的，不似你经过大世面，上过大学堂。母亲的锅铲敲击明显是指桑骂槐并且有逐客的嫌疑。无奈"老苟"非常有定力，不羞不恼反而冲着母亲说，老嫂子，敲打注意分寸，别把锅给敲坏了，那就得不偿失了。母亲见"老苟"把话说到这份上，知道这家伙分明是想懒上一顿饭，不把他的肚子填饱，还不知道要和父亲这个"知音"相互吹捧到何时，只好端菜上饭。就在盛饭的当口，母亲还不忘嘟囔几句，少说两句还能当哑巴了，话这么多能当工分使？父亲对母亲的叨叨已成习惯，开始还担心"老苟"脸上挂不住，谁知"老苟"对母亲的话仿佛没听见，端起饭碗呼声作响，在吃饭过程中还不忘夸一下母亲，老嫂子，你这饭菜做得真地道，怪不得老哥那么听你的话呢，原来都被这饭菜给养得，换哪个男人有这口吃的也愿意啊。一席话说得我母亲哑口无声，怒从心头起，却又不好发作。那时候我家姐姐们吃饭是不上桌的，母亲只好把我喊到跟前，对我说儿子去把桌子上的那盘炒鸡蛋全吃掉，让那个"老苟"嘴贱。听到了母亲的嘱咐，我连忙上桌将那盘在那个困苦年月里最轻易吃得上的炒鸡蛋，扒到自己跟前，三下五除二地很快连盘底都舔得个干干净净。这"老苟"原本跟父亲谦逊着谁也不好意思去动筷子，但眼里盯着，嘴里咽着口水的美味眨眼之间被我狼吞虎咽地填进了肚，不仅目瞪口呆，甚至有点恼怒。嘴里说，这孩子、这孩子，老哥，你看你看，你这孩子。末了，给了父亲一句，你要让你的孩子好好读诗文。言下之意是说我不懂规矩，但心里分明是愤恨这个毛头孩子怎么会把一盘炒鸡蛋眨眼之间全部干光而不给他留一口呢。母亲对"老苟"那几句指责父亲的话显然毫不在意，心里想有了这回看你下次还再好意思登门。

我那从运河边长大的母亲，虽然有她的人生处世哲学，但是她对"老苟"还是缺乏深刻的认识，她自认为教训了"老苟"，"老苟"不会再厚着脸皮借着是父亲的"知音"又来蹭饭。她这个简单的念头仅仅存在了两天便又被打破了。那日西戈壁下大雨，那年头，下雨就是人们的休息天。况且从开春以来，这是当年的第一场雨，而西戈壁的春天太需要这样一场雨了，不要说刚施过肥的麦地，一场雨就会让麦苗蹿上几指高，就是那些刚播入土地的玉米、葵花、高粱、黄豆，甚至各种蔬菜，只要一场透透的雨，天晴后，那些昨天还是灰黄的大地，仿佛一夜之间全被那些翠翠的嫩芽铺满了天际，只有到这个时节，西戈壁才算真正换上了绿装。

"老苟"来时我们家几个人正围在父亲身边听《红楼梦》，父亲年轻时读《红楼梦》读得入了迷，母亲说，这故事让人常落泪，人活一辈子有缘无缘都是老天爷给的。母亲说年轻时晚上睡不着父亲就给她讲《红楼梦》里的故事，常常让她惊叹书中的人和事。母亲说人无论高低贵贱活着都不容易啊。来到西戈壁后，因为实在没有什么娱乐的东西，特别是冬季，黑夜漫长，我和姐姐们都上学读书后，母亲便对父亲说，没事你可给孩子们讲讲故事啊。听故事，对我们来说是求之不得的事，便齐声说好。父亲说，这些故事说出去都是要批判的，弄不好会害了孩子。母亲说，看你胆小如鼠的样子，都是家里人，孩子只要出去不乱说，别人怎会晓得的。于是，在那些个长长的冬日里借着炉灶里的火苗，父亲给我们讲了什么《三国演义》《水浒传》《西游记》《三侠五义》《红楼梦》《官场现形记》等许多古典小说，听得我们常常让父亲讲了一回又一回，父亲讲故事很会拿捏，往往到了紧要关头如章回小说收尾，来一句欲知后事如何？且听明日分解。岁月过去这么多年，直到如今，对这些古典小说，虽然长大以后又读了许多遍，但印象最深的章节还是多年前父亲给我们讲述的。

母亲虽然打心眼里不喜欢"老苟"这个人，但当着"老苟"的面她又无法下逐客令。还有就是最重要的一点就如"老苟"所言，父亲遇到他算是有了"知音"。自到西戈壁以后，母亲知道父亲始终有些怀才不遇的感觉，空有一肚子墨水，却没有人赏识。遇到"老苟"，对父亲来说，有了一种显摆的东西，母亲从父亲的精神面貌中可以体会出来，那种东西究竟是什么，母亲也说不清楚，但母亲分明可以感受到父亲的精神世界是需要那种愉悦和向往的。而且这种东西也只有"老苟"可以带给他。

　　在那个雨夜，母亲和父亲一起打开了一瓶多年珍藏的酒。那晚，他们在一起聊的什么，没有人知道。多年以后，母亲告诉我，其实那夜她和父亲什么都没说，只听喝了酒的"老苟"在说他自己的故事。

　　"老苟"的家乡在农村，父母生下他便对他寄予厚望，自幼便将他送去乡里学堂读书，小学毕业后又将"老苟"送进了县城的中学。18岁那年"老苟"考入长江边一所省会的大学。那所大学历史悠久，校名为孙中山所题写，能考上那所大学，不要说在他那个大山中的村落，就是在全县也引起了轰动，县长亲自给他戴上红花。"老苟"带着家乡的希望和他自己无数美好的憧憬走进了这所大学历史系，成为在浩瀚书海中飞翔的鹰，自小"老苟"是在家乡的山沟里看着鹰长大的。上学路上，他爬行在山岗上，而鹰则在他脚下的山谷和头顶上的蓝天中盘旋，那时他觉得做一只自由翱翔的鹰是一件多么幸福的事啊。直到考进大学，走入大学的图书馆，他才知道要想成为一只能够展翅的鹰，必须有一双坚硬的翅膀，而翅膀的修炼靠的是学海中的养料。为此，入学两年他几乎都是在图书馆度过的。如果不是樱子，他或许真能成为一名学识渊博的学者，可是这个樱花一般美丽的女孩子，却改变了"老苟"的人生。

　　那是暖春三月，校园大道两旁不同品种的樱花娇媚地展示着风情。而此时的樱子在"老苟"的心里比樱花更加妩媚和艳丽，"老苟"在图书馆里读到的那些古诗文中的动人句子在樱子身上忽然活灵出来。只是读大学两年多时间了，他整日遨游于历史长河，对身边这个同班的同学，别人都称作"樱花"的女孩子从来没有过非分之想，他觉得樱子的美丽对于他来说只配拥有欣赏，而不可能占有，可当那天在樱花丛中，樱子挥舞着纱巾面对着他呈现出甜甜的微笑，他觉得自己的魂一下子被勾走了。猛然间他仿佛被惊醒了，是啊，面对如此楚楚可怜、让人惜疼的女孩子，哪个"英雄"能过美人关呢，何况"老苟"本身也不是英雄啊。自樱花丛中美人的百媚一笑，"老苟"便开始为樱子写起了"情诗"，几乎每天一首，写好后就悄悄放在樱子桌位的书本里。"老苟"一连放了10多天，可樱子对他没有任何反应。"老苟"追求樱子是当时觉得自己有了资本，"老苟"从大一下半学期就在省报上刊发了诗歌，被称为"青年诗人"，作为"青年诗人"的"老苟"自感会受到樱子的青睐，虽然"老苟"也知晓樱子身边不缺"护花使者"，可"老苟"认为自己就是可以终生守护樱子的那个人。因此尽管樱子对他写的"情诗"未予理睬，但也并没有退还给他，这又给"老苟"增添了继续追求的希望和勇气。就在"老苟"沉醉于这份才子佳人爱情中不能自拔的时候，不料樱子"出事"了，而樱子"出事"的发酵，则直接把"老苟"由大学校园里的天之骄子打入了西戈壁的劳教农场。

那是"老苟"给樱子写出的第88首"情诗"之后，"老苟"在一天晚上突然被学校保卫科的人"请"到审讯室。"老苟"这人虽然书读的多，但何曾见过这么个架势，没等问话，腿肚子就不由自主直打哆嗦，浑身上下好像各个部位都在抖动。保卫科的人也没有给他寒暄，直接奔问话的主题，那就是"老苟"和樱子是什么关系？听保卫科的人问这个，"老苟"不禁松了口气，他想自己追樱子的事以前别人还不知道（他也仅和几个来往过密的同学透露过），经保卫科这么一闹，还不弄得全校人人皆知，既如此，还不如公开承认罢了，也算是自己对追求樱子的一段真情告白。于是，"老苟"理直气壮地说，我和樱子是"恋人关系"。"恋人关系"？问话的保卫科长冷笑了一声，别人可没说你们是"恋人"关系，而是告你是强奸犯。什么？"老苟"仿佛头上猛然挨了一砖头，两眼直冒金花，他说，我怎么可能是强奸犯？我是追求过她，为她写了好多的诗，但和她连手都没拉过啊。保卫科长说，这事你不用解释，好汉做事敢做敢当，我想一个女孩子总不会拿自己的清白诬陷他人吧。从现在起，你不用再去班里上学了，必须把问题交代清楚，争取宽大处理吧。保卫科当天的审讯到此结束，并且要求他在审讯室里待着，睡觉、吃饭都有专人陪着，而所交代的问题只有一个，那就是他在何时何地强奸了樱子。

对这种飞来的横祸，"老苟"是做梦也不曾想到过的，他觉得这事不仅荒唐，而且对他自己的人格来说也算是奇耻大辱，他不明白那个长相甜美秀气的樱子为什么要陷害他，即便是瞧不上自己，可也没有必要把自己往死里整。要知道"强奸犯"这个词可不是随便用的，有了这顶帽子，不仅要人大狱，而且这辈子人都抬不起头，没有脸面了。"老苟"想，什么烟雨蒙蒙最美芳菲处，樱花灿烂心情荡漾，现在只要听到"樱花"这个词"老苟"都会脊背发凉，在后来保卫科的断断续续审讯中，"老苟"终于知晓了事情的大概，那就是樱子怀孕了。

樱子是因为感冒而到医院看病的，谁知医院的一个女中医把了一下脉就肯定地对樱子说她怀孕了，吓得樱子当时脸色苍白。而陪樱子看病的两个女同学还挺仗义地对大夫说，你不会是人老眼花了吧，我们可是好人家的女孩子呢。女大夫看也不看她们一眼，不紧不慢地说，我坐诊在这儿多年，还没误诊过呢。也许今天真听得走了神，你们可另请高明，如果错了，我包赔你们的名誉损失。樱子赶紧站起来向大夫致谢，拉着两个同学的手就从医院慌忙而逃。走在路上，樱子叮嘱两个女同学这事千万可别说出去，要不我这辈子全完了，甚至会被开除，要是父母知道了，我还有脸在这个世界上活下去吗？两个女同学看到平时高傲如公主般的樱子现在低三下四地说话，嘴里说放心放心吧，这种事我们怎会告诉别人。可女人的嘴如天上的雨，有片云雨滴便会落下来，尽管两个女同学千保证万发誓的，但樱子怀孕这事还是传到了班主任的耳朵里，班主任是位40多岁的老教师，又是一个女的，在这方面很有经验，她把樱子的那两个女同学喊到办公室，让她们把嘴赶紧缝起来，尔后问樱子的原委，樱子趴在班主任的怀里直抹眼泪就是不肯说出真相，问急了换来的是更加沉重的抽泣。班主任是过来人，她说，这种事不是你一个人能担起来的事。你不说出来是过不了关的，不仅不能保住他，连你自己都会被学校开除，你现在将他指出来，只说一切都是他的错，或许还可保留住你的学籍，你好好想想可不要遗恨终生。当晚，班主任怕櫻子想不开，留櫻子在自己家中歇息。第二天櫻子也没去上课，到了晚上櫻子擦掉眼中的泪水告诉班主任。是"老苟"强暴了她，并且将"老苟"写给她的几十首诗和信交给了班主任。当班主任听到"老苟"这个名字时，不禁有些诧异，她认为"老苟"没有这个胆量，可当她看过"老苟"写给櫻子的诗和信后，才冒了句，画虎画皮难画骨，不识庐山真面目啊。

　　学校从"老苟"写给櫻子的诗和信中寻找"强奸"这个词能否成立，最后认为"老苟"对櫻子是一种单相思，由这种单相思而引发冲动，这方面櫻子无意识地默许给"老苟"的冲动造成了错觉，由此发生了不该发生的一切。鉴于此，虽然"老苟"致使櫻子怀孕，但属于道德败坏层面，而不能认定"强奸"，由此将"老苟"开除学籍，送往政法机关进行处置。于是，"老苟"便在那年櫻花盛开的3月从绿水青山的南国来到了西戈壁劳教农场。"老苟"在劳教农场待了两年，两年之后，西戈壁农场缺少劳力，"老苟"他们这些劳教释放人员便成为西戈壁农场的职工。

　　或许是"老苟"的爱情遭遇，使母亲对"老苟"这个人有了重新的认识，反正自此之后，"老苟"在来我家找父亲聊天，相互吹牛，再没有招来母亲不友好的目光。在农场生活条件好转许多人回老家将媳妇接来或到内地寻个媳妇的时候，母亲甚至还想替"老苟"寻摸一个，只是她这个念头还没冒出芽就被父亲否定了，父亲说，别看"老苟"戴了个帽，身上有污点，但那是个有文化的人，一般的女人他还瞧不上呢。听了父亲这话，母亲叹了口气，自此之后再没有替"老苟"张罗。或许是母亲认为能配"老苟"的女人还真不易寻找。

　　使母亲改变对"老苟"看法的是父亲。因为父亲认为"老苟"肚子里真有墨水。这是"老苟"某一天和父亲闲聊时说的一段话而使他对"老苟"不由高看一眼，或者说是钦佩。那天"老苟"对父亲说，据我考察判断，咱们西戈壁并不是亘古荒原。父亲看了"老苟"一眼，以为他说酒话，但看"老苟"一本正经，便没有打断。而"老苟"看了父亲那满脸疑惑的样子（这也正是"老苟"所需要的效果），便不再卖关子说，你不是读过古诗吗？著名的边塞诗人岑参曾写过《走马川行奉送出师西征》："君不见走马川行雪海边，平沙莽莽黄入天。轮台九月风夜吼，一川碎石大如斗，随风满地石乱走……"你知道诗中的"轮台"是指哪里吗？"老苟"又开始摆弄起学问，见父亲摇摇头，"老苟"接着说，诗中的"轮台"就是离咱西戈壁不远的六运古城，这里就是唐代的轮台，也就是天山脚下的昌吉州阜康县（今阜康市）管辖区。这几年在西戈壁休息时，我老爱往附近的古堡、土围子处跑，是想寻找岑参所说的"轮台"究竟是指哪里。父亲说你考证出来了？"老苟"很得意地说，从我学的历史到这些地方出土的一些文物，还有现存的自然地貌，应该说可以确定。父亲说，你这是一家之谈，这些个土堡能说明问题谁会相信？"老苟"说，不相信也没关系，不过老哥你记住，我这些考证是有依据的。说不定哪天真会派上用场。"老苟"这话仿佛有预感似的，时光过去了40多年之后酒戈壁农场所属的新疆兵团第六师要搞一个"丝绸之路北道之唐朝路历史文化研究课题"，出版一部名叫《唐朝历史文化研究》的专辑，而我作为课题组的一员也参与了其中的部分考察工作。课题组有人写了"八月梨花何处开"—岑参诗中的"轮台"，而现在考证的"轮台"和"老苟"所说的"轮台"基本一致。虽然当初父亲对"老苟"所说持有疑虑，但他又无法推翻"老苟"的依据，再加之"老苟"是名校出身，学的就是历史专业，父亲心里即便不以为然，但不得不敬佩"老苟"的学识。

父亲对"老苟"的尊重无疑改变了母亲对"老苟"的看法。其实彻底转变母亲对"老苟"看法的是一次"老苟"勇跳东干大渠抢救小孩。我们西戈壁生产连队浇地用的水都是来自上游水库。因此，每个连队修的引水渠都又深又宽，人要跳下去很快就没影了。那是夏收割麦之季，连队几个贪玩的孩子在大渠里玩耍（那个季节大渠里几乎水很少，很多人会去渠里摸鱼），没料想前几天山里连续下了几场暴雨，把个上游水库装得满满的，水库开始泄洪。泄洪闸门一开，洪水犹如猛兽，肆虐着顺着大渠就狂卷而下，有几个眼尖的孩子见洪水过来赶紧爬上了渠岸，可有一个小家伙或许是因为年龄小，或许是因为害怕，或许是因为渠岸太湿滑，几次抓住渠岸可就是爬不上来，只见一个浪头过来就把孩子打倒了。此时"老苟"正好从大渠的桥上路过，见状便连衣服也没脱就跳入大渠中，好在那洪水是第一波浪头过来，"老苟"很快就把孩子托举上岸。而"老苟"则被洪水冲到大渠下游2公里处的分闸口才被人捞了上来。"老苟"这一英雄壮举，得到了连队职工的一致称赞。或许从那时起"老苟"算是真正融入了西戈壁的人群，他这个"劳改犯"的称谓终于被"老苟"取代了。

时光一晃几年过去了。我也从连队小学到农场场部去读中学，中学因为要住校，见到"老苟"的机会就少了。70年代初，农场大建设需要大量木材，农场决定在离农场200公里外的一个林场成立伐木连，主要任务一是为林场植树，二是为农场伐木。因为山上生活条件都不如西戈壁，故此农场决定凡是去林场工作的人员都可获得一根五米长的松木。要知道那年月，五米长的松木足足可以打造新婚夫妇结婚用的所有家具，因此报名人很多，但至于能选上谁，则由新组建的伐木连连长决定。谁也没料到的是，就因为这次去伐木，"老苟"自己把自己送进了监狱，成了一个彻头彻尾的"劳改犯"。

"老苟"之所以能去南山林场伐木，得益于伐木连的连长是"老苟"的老乡，亲不亲，故乡人。"老苟"虽是个劳教释放人员，但并不是反革命，是名新生人员，也就是说通过劳动改造，洗心革面之后可以重新回到人民群众队伍。"老苟"这几年在西戈壁的表现，证明"老苟"在用实际行动与过去彻底的决裂。"老苟"大概把自己劳教前后经历也曾对这个老乡陈述过，老乡是转业军人出身，是最早踏入西戈壁的开拓者，心中没有那么多花花肠子，他对"老苟"的经历颇为同情，不用说这"老苟"肯定替人背了"黑锅"，心里产生了怜悯，暗自思忖，今后如有机会，还是要帮"老苟"一把。这不，当农场领导和他谈话要他担任伐木连连长时，他脑海中第一个人选便是"老苟"，他觉得"老苟"有文化可以帮他写个材料，记个工分什么的挺合适。农场领导说，伐木连所有的人选由他定，可以从农场连队职工中做任意挑选。这样，"老苟"便从我们连队进了伐木连。"老苟"走时还到我们家和我父母告了下别，母亲对他说，春节可一定要回来，你单身没地方去，就到我家来过年。"老苟"说，有嫂子这句话，春节一定要回来，到时把分给我的几方木头也送你们算是过年的礼。我母亲笑道，拉倒吧，那木头还是留着你娶媳妇打家具用吧，现在的木头可金贵着呢，我们受不起。"老苟"或许只是随口一说，心里可真没想半木头送给我家，听我母亲这一说，正好借坡下驴，便说那就到时再说，或许我还能多弄一根不就全有了。母亲说，那敢情好，只是你大哥又不是场长、连长，用不着你那么费力的，你只要把自己照顾好就行了。"老苟"嘿嘿笑了两声，嘴里说看嫂子说的，看嫂子说的。父亲站在旁边一直没说话，直到"老苟"的身影拐过后排房子看不见了，才对母亲说，如果说天上真掉馅饼的话，"老苟"这次算是被砸着了。母亲瞪了父亲一眼说，你是不是有点眼馋？有本事你也去伐木连待两年，给咱家也弄几方木头，省得我看别人家打新家具就烦。说完话，停顿了一下，嘴里忽然又嘀咕一句，这次去伐木连，对"老苟"来说是福是祸还两说呢。

　　母亲的话仿佛有预感，当年那个春节，去南山伐木连的人都回来过春节了，而"老苟"却没能再回西戈壁，因为在春节前的一个月，"老苟"因反革命罪被判处有期徒刑12年，押送到离我们这儿很远的一个监狱去了。而"老苟"的那个连长老乡，因"老苟"的事也被撤了职，由于老乡不愿再回到他曾当过干部的连队，农场便将他放到了我们连队，而我的父母也就从这个老乡嘴里，知道了"老苟"所犯的"罪行"。

　　俗话说，祸从口出，而酒则是惹祸的元凶。"老苟"出事则是由于一场酒。在山上的伐木连职工大部分以单身为主（当然也有单身女青年），没有拖家带口的，这样管理起来方便。待了不长时间，伐木连的人便和当地几户哈萨克族牧民成了朋友，哈萨克族牧民常常邀请伐木连的小伙子和姑娘们到毡房做客，"老苟"就是在某次做客中多贪了几杯酒，便将他痛苦的"爱情"遭遇倾诉出来，除了觉得自己委屈外，还觉得是社会对他的不公，有冤无处申，有理无处讲，说总有一天，他要去找毛主席告状。这原本是"老苟"酒后的一番发泄，谁料其中伐木连也有"政治觉悟"很强的人，这人便偷偷将"老苟"的哭诉，当成对伟大领袖和社会主义的恶毒攻击，"老苟"这番言谈充分说明他在思想上对党和社会主义刻骨仇恨。他劳教释放后在西戈壁农场的所作所为都是一种假象。一旦风吹草动，有了时机，他便露出了本来面目。于是乎便将"老苟"的"反动"言论整理了一份材料，用复写纸抄了几份，分别投送到各级革命委员会。待西戈壁农场革委会接到举报材料想把此事压下来为时已晚，上级机关动作迅速已经直接将"老苟"连夜给带走了。在那个特殊年代，能抓住"老苟"这样一个反面典型，可以说是一件天大的事，也可以说是无产阶级专政下取得的一个大胜利，挖出"老苟"这样现行反革命，也充分说明"牛鬼蛇神"僵而不死、顽固不化，必须坚决予以痛打，永世不得翻身。就这样，"老苟"从我们的视线中消失了。

岁月蹉跎，多年之后，当我的母亲已经退休，父亲的文化终于有了用武之地，成了西戈壁农场一名专业史志工作者的时候，谁也没有料到，有一天"老苟"竟然坐了一辆比我们农场场长、政委还高级的轿车来到了我们家。随行的除了司机外，还有"老苟"年轻漂亮的老婆和一个七八岁的男孩。"老苟"见了母亲拱拱手说，老嫂子，你还认识我吗？母亲当时正在院子的地里摘菜，猛然见几个人走进院里还不晓发生了什么事，直到"老苟"一声嫂子才将她喊起，直起腰来，见了"老苟"喜气洋洋的脸，手里摘的几个西红柿掉在地上也没感觉，嘴里说，天啊，"老苟"你还活着？"老苟"笑着说，活着，活着，你看我不是活得好好的吗？而且娶了媳妇，有了儿子，这不一起来看你了吗？

那时节，我们家已从连队搬到了场部。原来与"老苟"在一起干活的连队不少人家也搬到场部，得知"老苟"衣锦还乡，便一起跑到我家看"老苟"。"老苟"很大方，抽烟的全部递上中华，不抽烟的让他年轻漂亮的媳妇大把大把地抓"大白兔"奶糖，总之那气氛很是热烈。大家对"老苟"能有今天也感到很惊奇并由衷地为他高兴。

晚餐就在我家举行。"老苟"对我母亲说，我特别怀念老嫂子的小鸡炒青萝卜和盐豆子炒鸡蛋，这些年我吃过不少大酒店的饭菜，可哪种也没有嫂子你做的有滋味，我认为那是天下最诱人的美食。我母亲说，好、好，今天就让你再尝尝老嫂子的手艺。席间，"老苟"首先端起酒杯敬了桌上所有的人。他说，我非常感谢西戈壁的人，在我人生最失意的时候，是大家没有嫌弃我，给了我活下去的勇气。桌上的人你一杯我一杯，喝得好不热闹，大家回想几十年西戈壁的生活，有着说不完的话题，久久都不愿意离去。后来还是在母亲的催促下，说"老苟"跑了一天的路累了，有什么话明天再说，大家才意犹未尽的散去。待酒桌上只剩下"老苟"和我父母，"老苟"说，他现在在北疆地区的一家报社担任副总编辑。父亲说，你是有大学问的人，历史和新闻也相通，对你来说不是难事儿。"老苟"说，说来你们不信，我是在监狱里遇到了一个贵人，那人可是翻雪山过草地、经过二万五千里长征的老革命，谁想也被打倒了。在监狱那几年我们成了无话不说的朋友。这拨乱反正后，"老革命"很快被平反昭雪，恢复工作，并在一个地区担任了地委书记。他获得自由后对我的事很重视，帮着上下奔波，我也就很快被放了出来。"老革命"对我的工作也极为关心，对我说你别再回西戈壁了，到我们地区工作吧，正好我们那儿要恢复地委机关报，你可是我们打着灯笼要找的人才呢。我说我不是党员，能进党报吗？"老革命"说，你可以积极要求进步，争取入党啊。就这样，我在报社工作几年后入了党，从记者、编辑干起，一直干到副总编辑。"老苟"说着话，还不时地取下眼镜，擦擦眼镜片。凌晨已过，"老苟"要说的话好像还有很多，他先让妻子带着孩子先去休息。见妻子进入了另一间卧室，"老苟"说他妻子比好小将近20岁，原来是他手下的一名实习记者，或许是对"老苟"的文采特别崇拜，没多长时间两人就好上了。婚后一年就给"老苟"生了个儿子。说起儿子，"老苟"的幸福溢于言表，他说，我给他起了个名字叫"太阳"。太阳的光辉照万物，万物生长靠太阳，我入监狱，就是因为有人告黑状，说我攻击伟大领袖。现在我连儿子的名字都叫"太阳"，可见我对党，对祖国、对人民、对社会主义有多热爱了。"太阳"这个词如果不和"老苟"的"苟"姓联在一起，应该没什么问题，可联在一起叫"苟太阳"确实让人觉得有些滑稽可笑，但看"老苟"那副真诚的样子，我父母肯定心里责怨"老苟"什么名字不好起，干吗起这么个名字，孩子大了能叫出口吗？但嘴里却又说不出什么。其实叫"苟太阳"这个名字"老苟"并不是起名的第一人。多年前，我在新疆克孜勒苏的乌恰县采访，在乌恰有一个乡的党委书记就名叫"苟太阳"，当时我还跟他开玩笑地说，你这个名字要是放在"文化大革命"，准会出事，说不定会给带顶什么帽子，那个乡党委书记说，我父亲没什么文化，也不知为什么给我起了这个名字，从上学到工作，谁喊我都觉得很怪异和新鲜。不过，也好，凡是和我打过交道的人，都会把我这个名字给记住的。

　　母亲忍不住插话问"老苟"，你在大学时被劳教的事搞清楚没，你没去找那樱子算账？"老苟"说，怎能不搞清楚呢，从监狱出来我第一件事就是回学校，我的不白之冤，这些年我所有遭受的苦难，都是这个源头引起的，我必须彻底搞明白，学校也必须彻底给我平反。我回去找学校那年正巧也是樱花绽放之季，尽管那些枝条上的花朵依旧是那么妩媚、明丽，可我没心情观赏，从离开这个校园到重新走进这个学校大门，时间整整过去了25年，25年时间在历史的长河中只是瞬间，可是对我"老苟"来说，经历多少人生磨难啊。当然，那10年的浩劫遭受不幸的又何止是我"老苟"一人，就连我们那所大学的校长、书记也被赶进了牛棚，接受教育改造。"老苟"说他很幸运地找到了当年他那届班级的班主任。班主任早已退休，尽管眼睛不好，但听力和记忆力还不错，当"老苟"说起自己的往事的时候，班主任边听边掉眼泪。她说"老苟"真的对不起你，这不是"原谅"两个字就可以把一切抹去了的，可是很多事情我们个人却无能为力啊，你是受了许多苦，遭了许多罪，可你知道吗，樱子比你更可怜，在你被发配劳教之后，樱子因为受不了内心的煎熬，就投湖而亡了。樱子不在了？这可是"老苟"无论如何也没想到的结果，他原想责问樱子的所有一切，在班主任讲到樱子早已不在人间时犹如一座大山猛然塌陷。他曾经做过多种猜测和要责问的瞬间崩溃，樱子的死比樱子的活更令他窒息，也更令他无法接受。而从内心来讲，这几十年他虽然对樱子曾有过无比的愤恨，而且曾想过无数羞辱和报复的理由，可是任何理由他也不会让樱子以生命的付出为代价进行忏悔。班主任告诉"老苟"，其实樱子怀孕当初指认"老苟"她也觉得很诧异，"老苟"是因为当局者迷，而班主任却看得非常清楚，因为在班里班外，甚至在校外，追求樱子的人并不少，说实话，哪一个也比"老苟"各方面条件好，"老苟"自认为刊发了几首诗就能打动樱子的芳心那仅仅是一厢情愿的事。换句话就连班主任也觉得"老苟"和樱子不可能成为一对恋人。至于"老苟"给樱子写的情诗和信樱子为什么当时不退还，或许是樱子不希望伤"老苟"的自尊心；或许是樱子的虚荣心在作怪，留下"老苟"的这些文字，向追求者们炫耀。不管处于何种心态，樱子的这种做法使"老苟"以为自己有机可乘，并未料到最后酿成了这么个结局。致使樱子怀孕的是班上的另一个男生，男生的父母是省城一个部门有头有脸的人物，当儿子惹出祸端后他们很快成了救火队员，并且在最快的时间里与学校领导进行了"沟通"，与樱子也进行"谈话"。于是"老苟"这样一个没有任何家庭背景，而对樱子心存念想却又自不量力的人成为"怀孕事件"始作俑者，由其顶缸是再合适不过的人选，并且凭"老苟"一个从山中走来的学生娃身份，他承认和不承认也无翻案的可能。当然，还算学校留情，没有将"老苟"定为"强奸犯"，否则就不会被押送到西戈壁劳教农场，而是直接投进监狱，那么，"老苟"的命运又会怎样那只有天知道了。

櫻子是在"老苟"被押往新疆劳教后的当日晚上投湖的，那年开春晚，虽然已是3月中旬，许多櫻花的花苞依旧在枝头摇曳，学校的湖边与往年相比冷清了不少，若是往年此时踏青、赏花的人会络绎不绝，因为东湖有一侧门是和街道相连，附近的人早晚可以从这个门进到学校来。或许是花期的推迟，或许是当晚那场春雨下得太大太猛，在湖岸边几乎没有游玩和行走的人。櫻子在那个雨夜静静地走进了东湖，将她自己和怀里的那个尚未来到人世的小生命一起葬身于这个櫻花飘零的春天。

櫻子之死在学校没有引起多大的关注，因为那时学校已停课了，各种运动疯狂而至，对于一个落湖而死的女孩子，没有人太在意，学校保卫科最后给櫻子之死定的结论为走路不小心，溺水而亡。这个结论对谁都没有什么意义，只有湖边的櫻花年年春天开放，也只有这些花朵知道在东湖的水中曾埋葬了一个叫櫻子的女孩子。在这个世界上，"櫻子"这个名字，除了櫻子的父母，可能只有"老苟"念念不忘，可谁知被"老苟"念念不忘20多年的櫻子早已魂归天外。"老苟"突然发现其实自己很可悲，也很可怜，受了这么多年的苦难，原想找到櫻子宣泄，可如今连听众都无处可寻。

学校为"老苟"纠正错误的事办得很顺利，补发了毕业证书，重新下发了予以撤销对他的处分决定的文件，那年校园里的櫻花交错盛开，粉嫩的花朵点缀在这座校园的古建筑之中，微风拂过，飘飘扬扬的花瓣如一场櫻花雨，可对"老苟"来说花的缤纷多姿都随櫻子而去了。櫻子之死的疼痛令"老苟"好像有了一种负罪感，如果自己当初不是那么不知天高地厚地去追求樱子，樱子或许还如公主般过着无忧无虑的生活，从某种方面来说，是自己的“爱情”害了樱子。“老苟”脑海中的这种念头时时纠缠着他，使他感到喘不过气来，像一根刺生生扎在“老苟”的心头上。

“老苟”端起一杯酒一饮而尽，他对我的父母说，现在一切都过去了。人的一生，不可能一切都顺当，苦难从降生那一天就存在，只不过每个人遇到的坎坷不同罢了。父亲说，“老苟”你这话说得对，当初你如果不被冤枉你不可能被流放到西戈壁，可你想过没有，西戈壁许多人都是“自流”来到这里，他们没有犯任何错误，也没有受人陷害，而是心甘情愿地在这里垦荒、建设，这是为什么？这是因为他们都有一种信念，那就是通过自己汗水的努力定能使这荒凉的戈壁变成绿洲，变成一片花果园。你看如今的农场，通过我们勤劳的双手，是不是实现了我们过去的梦想。母亲插话道，比过去做的梦都好，过去做梦怎能做到如今的模样，瞧瞧眼前的一切，我们这代人觉得当年再苦再累也值了。

那一夜，“老苟”和我父母聊到天空露白，父亲和“老苟”都有些微醉，两人话特别多，要是往常母亲早就不许父亲喝酒了，可那夜她没有说父亲一句，而是不停地往他俩的茶杯里添水，还不时地在他们的聊话过程里插上一两句。

“老苟”走后不到一年，我离开了西戈壁，自此以后我再也没见过“老苟”。“老苟”以后的故事，是每次回农场时父母亲断断续续给我说的，他们说，“老苟”离开西戈壁10年后又回来过一次，那次是因为退休年龄的事来找农场。那是香港回归那年，“老苟”已经60岁了，按政策他应该退休了，可办理退休手续时遇到了麻烦，原来“老苟”在办理第一代身份证时，不知是“老苟”没说清楚，还是办理身份证登记的人没仔细，将“老苟”的年龄整整缩小了10岁，待身份证下来，“老苟”发现了这个错误，也没有及时去更正，还想减去受冤枉的10年，我“老苟”此时的年龄不正好吗？“老苟”当时正意气风发地想干一番事业，无论什么场合“老苟”

将身份证一亮，别人还挺羡慕，于是"老苟"就满不在乎地将这个错误延续下去。这一延续，到了"老苟"退休时事来了，因为"老苟"的人事档案是后来到报社才建的，以前的一切档案材料随着"老苟"的劳教和"劳改"不知扔到哪个角落去了，但现在又没有什么可以证明"老苟"真实年龄的凭证。至于"老苟"所说的什么时候上学，什么时候到西戈壁，什么时候到监狱，怎么算"老苟"也不止现在这个年龄？管人事的对"老苟"所说的话点头称是，表示同意，也相信"老苟"所言不会虚假，可仅凭嘴说没用，得有证据。"老苟"想如果真按现在身份证的年龄，怕只有工作到70岁才可离开工作岗位，这可是"老苟"无法接受的，而且此时"老革命"早已退居二线，即便在位对"老苟"年龄的事，也不能不按组织人事程序走，所以"老苟"为退休的事又回了趟西戈壁，找农场档案室查询找不到任何的蛛丝马迹，"老苟"上上下下奔波的大半年时间一筹莫展。可就在"老苟"山穷水尽之时，有一天又喝了两杯酒，这两杯酒使他茅塞顿开，他当时是被法院判的刑，当年那份判决书在他平反时好像还曾见到过，于是他在自己的平反材料中果真找到那份已发黄的判决书，上面记录着"苟福田，出生于1939年3月16日"字样。"老苟"如获至宝，拿起那张发黄的纸片找到主管退休的部门。管人事的小丫头将这张发黄的纸上下左右瞧了个仔细，然后对"老苟"说，我给领导汇报一下，看来能够证明你年龄的也只有这个判决书了。不出一个月，"老苟"的退休果然给批下来了。说心里话，"老苟"还是很感谢组织的，虽然以判决书作为他退休年龄的依据，说起来不免荒唐，但事情圆满解决，"老苟"心里一块石头落了地。"老苟"想什么事都怕认真，只有认真才能做好工作。如果当初办身份证时自己就及时改正错误，也不会有此等麻烦事，从某种程度上来讲，这件令"老苟"哭笑不得的事情是"老苟"自己酿就的。

　　时间又过去了几年。在我父母亲从农场的平房搬到楼房不久，又听到了关于"老苟"的新消息。说是"老苟"退休后心情非常愉悦、舒畅，他

　　这人本身也是个闲不住的人，在报社时爱好摄影，现如今退休了时间更加充裕，便整天跟着一帮热爱旅游的发烧友跑遍了祖国的山山水水，拍下了许多令人拍案叫绝的镜头。有年春季，他们这群发烧友组团决定去日本旅游拍樱花。对于樱花，在“老苟”的心中始终是一块挥不去的云朵。时光过去了这么多年，他对那个叫樱子的女孩子已无任何仇恨了，相反地心里还多了一份怜悯。这话真应了那一句最好疗伤的是时间。现如今他脑海时不时地回忆在大学里的片段，而樱子的模样也常常会昙花一现。据说“老苟”上大学那所校园里的樱花就是从日本引进的。现在大家既然要去日本赏樱花，那就真应该仔细瞧瞧，“老苟”在百度上搜索过，世界上有300多种樱花品种，日本就有200多种，花期可达半年之久。日本樱花动人美丽是“老苟”无法想象的，特别是吉野山的樱花树，漫山遍野，从山麓到山顶渐次开放，渲染了整片山丘，那壮观的场面美如梦境。“老苟”的镜头捕捉了无数置身于仙境的画面。然而有一天，在京都的仁和寺，他静静感受此间的禅意之美，重瓣的樱花如金泽粉云般盛开，他忽然发现一个如樱子般的女孩子在镜头里舞着纱巾朝他招手，“老苟”瞬间仿佛又回到了40多年前，回到了大学校园的樱花树下，“老苟”这一激动，一头栽倒在地，再也没有醒来。

　　“老苟”最后归宿的这个故事版本，不知是真是假，因为又是10多年过去了，“老苟”再也未曾到西戈壁来过。

苦豆子

如果有人问西戈壁最多的草是什么，我敢肯定只要是20世纪80年代之前在西戈壁生活过的人都会回答是苦豆子。

苦豆子又名苦豆子草，是西戈壁的原始植物，对于西戈壁的人来说那也是一种最常见的植物。可以说，从20世纪50年代末至80年代末期，在长达30多年的时间里，人们在西戈壁的土地上，凡是目之所及都可以看到这1米多高、主干枝杈如棉花秆杈粗细、长着类似槐叶开着十几厘米长或白或淡黄色花序的草。当西戈壁6月阳光最为暴烈的时节，也是苦豆子花儿开放最为灿烂之季，在沙漠边缘、渠道两旁、田间地头，乃至防风林带里，远远望去那些疯生疯长疯开的花朵一片片铺满了整个荒野，微风拂过如大海的波浪，层层荡漾。因为苦豆子枝叶普通平凡，花无娇媚之色，再加上味之苦涩，当做饭用的燃料又火力不足，而西戈壁荒野上又不缺梭梭、琵琶柴等烧火的硬料。因此苦豆子多年来除了当牧草外，基本都处于自生自灭的状态。

也正因为不招人待见，苦豆子在西戈壁的春天里是最早也可以说是悄无声息来临的。当凛冽的风打着呼啸从北沙窝吹过，西戈壁土地的背阴处尚有零星的积雪，那些沙漠的英雄树胡杨、红柳、沙枣的枝条上的芽苞还未露尖，经过冬眠的麦田尚未苏醒，你会不经意地发现，苦豆子苗仿佛一夜之间就钻出了地面，在大地原本褐黄色调的板块上，突然涌出了一簇簇一片片嫩嫩的新绿。也就是这原野上最初萌动的绿，唤来了雁鸣，也才预示着西戈壁的春天真的来了。

当苦豆子的绿长到了30多厘米覆盖了荒野的时候，我们连队50多岁的哈萨克族老牧民胡马别克就让儿子将放养的畜群赶到夏牧场去。胡马别克在农场开发前就在西戈壁邓家沟岸边放牧了，至于他们家什么时候来的西戈壁，他说他记不得了，他只知道他的爷爷从小就在这里放牧了。农场成立后，胡马别克作为当地的牧人很自然就成了西戈壁农场的连队牧工。虽然身份变了，但胡马别克的职业并未改变。只不过以前是给人民公社现在是给兵团农场放牧。最近几年转场去夏牧场时，每次惜别，胡马别克就会拍着儿子的肩膀说，风有风声鸟有鸟语，马驹子大了自然要自己在草原上驰骋。你呢也快快长大吧，大了就可以到草原上寻找花儿去了。胡马别克对儿子说的花儿是指姑娘的意思。他这话说过3年后他的儿子珠宝在从夏牧场赶着畜群转回西戈壁时，告诉他自己准备娶媳妇了，要胡马别克准备好1匹马、1头牛、20只羊作为娶亲的礼物。听了儿子话的胡马别克很高兴，他说虽然他送出的礼物"很重"，但比起儿子娶媳妇，他很快能当爷爷来说这算不了什么，而且他要请全连队的人都来做客，煮最好的肉来招待大家。哈萨克族的婚礼很热闹，一连几天要进行姑娘追和刁羊比赛。当然牧工家办喜事也是我们连队的大喜事，连队职工非常乐意参加此类活动。

西戈壁的人对于苦豆子价值的认识来自胡马别克。

胡马别克祖辈都是牧人出身，对于农活不要说擅长了基本可以说是门外汉。胡马别克的毡房住所和畜群圈舍均选择了离连队居民点3公里外邓家沟边的一个高岗上。为什么选择此处？胡马别克自有道理：一是离职工住宅区远点，有利于畜群早出晚归而不影响连队人的生活。二是邓家沟常年有流动的天山雪水便于畜群的饮水。然而，邓家沟的水源只能保证畜群从春到秋的生活，而每年到了11月底，当西戈壁被白雪包裹起来，那些水面就会结上厚厚的冰层。在没成为西戈壁农场职工之前，破冰取水是胡马别克每年冬季最为头疼的事，现在成了农场牧工，连队便专门为胡马别克在畜群围栏旁打了一眼自流井，这样就解决了冬季人和畜群饮水的困难。有了自流井胡马别克眨巴眨巴眼睛就准备利用这白白流入邓家沟海子的井水了。反正西戈壁最不缺的就是土地，胡马别克和家人在畜群的围栏旁很快开垦出了一大片荒地，为了防止牲畜践踏和戈壁上的野兔、野鸡、野羊、狐狸咬食种植的瓜果和蔬菜，他们一家人还从邓家沟两岸砍回许多红柳、铃铛刺编成篱笆把开垦的地围了起来。别看胡马别克做其他农活不行，但种瓜却是绝对有一手，可以说没有胡马别克，西戈壁的瓜是没有如今这么大名气的。

西戈壁这地方位于天山脚下，古尔班通古特沙漠南缘，由于昼夜温差大（白天高温可以达到40多摄氏度，晚上降到10多摄氏度），种出来的西甜瓜含糖量高，可谓甘甜味美。不仅附近的师部五家渠，米泉、昌吉、阜康等县市，就是首府乌鲁木齐市的企业、机关、学校许多单位也年年大车小车地跑上上百公里来到这里排队等候，可以说是供不应求。西戈壁的翠皮西瓜不仅个头长得好，大小重量几乎均等，一刀下去"咔嚓咔嚓"脆脆地响，一个字"爽"就囊括了全部的赞誉。而那些甜瓜的麻皮、青皮、黄皮的黄瓤、红瓤、青瓤咬一口就让人回味无穷醉到心里。难怪吃过西戈壁瓜的人都纷纷伸出大拇指。可就是这被外来拉瓜的人赞不绝口的瓜，若是跟胡马别克种的瓜相比，口感还是有差异，差多少？差在哪儿？谁也说不清。如果大田地的瓜和胡马别克种的瓜不放在一起品尝，这差异还不明显，若是吃了胡马别克的瓜再吃西戈壁邓家沟边大田地里的瓜，味蕾中的差异和变化还是能明显感觉出来。

最早发现这种差异的是我们西戈壁农场的梁场长。

那是有一年的8月下旬正是过古尔邦节的日子。梁场长带领农场机关主管畜牧的几个人到胡马别克家拜年。西戈壁农场最大的领导要到自己的毡房来，胡马别克心里自然异常高兴和快乐，他早早起床宰羊煮肉，烧好了浓香的奶茶。梁场长一行的到来使胡马别克家节日的气氛达到了高潮，在毡房里大家聊着天，几瓶酒很快底朝天，新鲜肥嫩的羊肉也装进了肚子。这时，胡马别克的家人将几盘切好的西甜瓜端上了桌，梁场长在到毡房之前已经在连队转悠了一阵，而且还到正在装车的瓜地里看了看，自然少不了吃几牙儿瓜，他在品尝了连队今年的瓜后还夸了一句，瓜味儿不错。可待他吃完胡马别克的西甜瓜各一牙儿后，脸上露出了惊愕之色，因为从舌尖上传递出来的信息告诉他，这瓜绝对是他以前从没吃过的，和西戈壁大田地里的瓜味不一样，那是一种说不出的美妙，是让人有一下子产生出吃了一块还想吃第二块的欲望。梁场长问胡马别克，你这瓜是从哪里来的？不是咱们西戈壁的吧？胡马别克摸着下巴上的胡子说，场长，你说这话可就没调查了，这瓜确实是咱西戈壁的。梁场长又问，是西戈壁哪儿的？胡马别克说，就是我老头子自己种的，瓜地就在羊圈旁边。梁场长站起来伸了一下腰说今天吃得太多了，正好要活动下消消食，我们就去你的瓜地看看。

一行人出了毡房，走了不到几十米就是胡马别克用篱笆围拢起来的瓜地。这时正是西戈壁秋庄稼生长的旺盛季节，远处的玉米林如青纱帐一眼望不到边，上千亩条田里的向日葵也已垂了脸盘，那些刚抽出穗子的高粱正经受阳光的锤炼由青变红铺向遥远的天际，而脚下的邓家沟海子如一块硕大的宝镜倒映着秋的影像。

梁场长站在胡马别克家的最高处，西戈壁的这些秋色尽收眼底。他边走边夸胡马别克说看山看水看风光，你胡马别克这地方选得好，站得高看得远。胡马别克说我们哈萨克人的一生都是逐水草而居，这是我们老祖先交给我们的生存方式。说着话大家进了篱笆围起的瓜地，看看瓜苗和连队里种的没什么两样，甚至叶片还没有连队瓜地里长得宽大肥厚，特别是瓜沟，连队是用开沟犁开的既深又宽大整齐，而胡马别克则是用坎土曼自己挖的，高矮不平、深浅不一，邓家沟海子边这个连队的连长心里当时就有点儿不服气，便说，别克，就凭你这瓜地能长出那么好吃的瓜来？你别是从哪儿买来的几个"蒙"场长的吧？胡马别克笑着说，连长，我们哈萨克人眼里可揉不进一粒沙子，"蒙"的话一点儿都没有，你开会时不是常说事实胜于雄辩吗？那今天我们就用事实说话。说着话胡马别克用随身携带的匕首给大家又切了刚从瓜藤上摘下来的瓜。梁场长尽管感觉自己的肚子已经盛不下任何东西了，但经受不住胡马别克的热情和甜瓜的诱惑，还是挑选了最小的一牙儿放到嘴里。他咬了一口对连长说，都说西戈壁邓家沟的瓜最好吃了让人忘不了，这话不假也没什么问题，但唯有吃了胡马别克的瓜，才知道什么叫真正的好。连长嘴里也正品尝着，瓜的甘洌把这个种了多年瓜的"农业专家"瞬间就"放翻了"。其实不用梁场长说连长的心里已经默认或者说已经承认了。连队大田地的瓜的确与胡马别克的瓜相比在口感上略逊一筹。

梁场长说你们连队大田地里种瓜的人要好好到胡马别克这儿取取经。我们老自诩自己懂多少技术，种了多年地和土地打了一辈子交道是种地的行家里手，可咱们这么多年种的瓜还愣是比不上一个放羊的牧工，说起来也是件让农场很丢脸的事。如果不是我亲自品尝，我还不知道咱们西戈壁还有口感这么好吃的瓜。既然胡马别克在这戈壁滩上能种出来，我就不信咱的大田地里种不出来。临走梁场长对连长说下年度我要吃上你们大田地里和胡马别克地里一样味的瓜。连长给梁场长敬了个军礼说请场长放心保证完成任务。

梁场长走后为种瓜的事连长没少到胡马别克的毡房取经。为了使胡马别克毫无保留地讲出种瓜的诀窍抑或是秘密，连长每次到毡房去必拎上几瓶伊犁大曲，几次下来拎进毡房的伊犁大曲不下整两箱了。连长开玩笑地对胡马别克说你喝了我这么多酒，把肚子里的东西要全部给我倒出来啊。胡马别克抖动着山羊胡子也笑着说，连长你拿的是酒可每次来都要吃肉，你早吃掉我好几只羊啦。连长想想也是，每次到毡房虽然都喝得头晕眼花腿肚子打战，但每次肉的确没有少吃。连长觉得胡马别克的瓜论品相反而不如大田地里长得好，可为什么口感不一样呢？在当年12月底下大雪的日子，连长喝完酒又从胡马别克家出来，临出毡房，连长对胡马别克说你再想想是不是还有什么遗漏的地方？胡马别克说，连长，真的没有什么了，我们哈萨克人对朋友心像金子一样敞亮，况且你是我的领导，我有啥好隐瞒的嘛。我种的这些瓜，和你们大田地里种的一样，也是开沟浇水墙情好了点种，而且瓜种子还是连队技术员给的，如果说还有不一样的，那就是你们种瓜催苗时用化肥，也就是尿素那东西，而我追苗肥全部用的是牛羊粪。连长拍着脑袋想胡马别克瓜好的秘密在这儿呢，以前种瓜只讲瓜地不能连茬种需要倒茬，但没想到是追苗肥上出了问题，虽然尿素能够迅速促苗催苗，但尿素的使用无疑对瓜的品质还是产生了副作用，这就是大田地的瓜和胡马别克的瓜口感不同的症结。连长为此和胡马别克又好好喝了一场大酒。酒醒之后的当年冬天，连长带领职工给连队几家哈萨克族牧工的畜圈清了好几次，把那些清理出来的牛羊粪像堆草垛一样堆起来，尔后洒上水再盖上一层薄薄的黄土。胡马别克问连长为什么洒上水？连长说这叫发酵。胡马别克说我不懂什么叫发酵？只知道把这些牛羊粪捂熟就可以用了。连长对胡马别克说你说得对就是把生的东西变熟。连长看着胡马别克那双有些狡黠的眼睛，未免又有些心疼他那些早喝进肚子里的几箱子酒，早知道是牛羊粪的问题，干吗要请这山羊胡子喝那么多酒啊。

　　第二年8月，连队大田地的瓜如期开园。远的、近的、城里的、乡下的各路买瓜的人又车水马龙地拥挤到邓家沟海子边。吃了当年瓜的人都连声叫好，并且连声称赞口感好像比往年更令人回味。这话让几个月来被西戈壁阳光晒得脸色黑黢黢心里忐忑不安的连长未免有些得意。他给梁场长打电话说邓家沟大田地的瓜开园了特请领导来品尝。梁场长在电话中爽朗地答应了连长的请求，第二天就骑着马直奔邓家沟边的瓜地。在吃过连长递过来的两牙儿瓜后，他对连长说不错，这瓜的味道是有进步，但和胡马别克种的瓜比起来好像还有差距。连长拍着胸口说，场长，这不可能！我敢打赌，我的大田地里的瓜绝对不比胡马别克的差。连长原本想说比胡马别克的瓜好，可话到嘴边见梁场长那么自信地夸胡马别克的瓜，于是便改了口。梁场长看连长满脸黑里透红着急的样子，没有与他争辩而是笑着说，还是用连长你说的话事实胜于雄辩吧，不着急你先尝胡马别克种的瓜。原来梁场长在进邓家沟瓜地之前先骑马到了胡马别克的瓜地，品尝了胡马别克今年的瓜后他又让通讯员随身带了两个，见场长说邓家沟大田地的瓜味道不如胡马别克的瓜，连长急得头上的青筋都鼓了起来，梁场长便亲自动手将胡马别克地里的瓜切开递给周围来采购瓜的人。吃了胡马别克瓜的人没有不点头称道的，那份陶醉瞬间就溢于每个人的脸上。连长本不想吃的，但梁场长却还特地切了最大的一牙儿给了他，他只好接过放入嘴里，还没待一牙儿瓜吃完，连长就彻底承认自己输了，胡马别克的瓜和邓家沟大田地里的瓜味道确实不一样，梁场长说大田地里的瓜比去年有进步，是给他面子了。

梁场长走后，连长心里又急又气又恼，这个胡马别克究竟还有什么秘密瞒着我？可他无论换了什么方式问胡马别克，可胡马别克还是直摇头，问多了问急了胡马别克不高兴了，他说我们哈萨克人对朋友都是真心实意的，毫无保留，你这样三番五次地麻烦（不耐烦）我，分明是对我的真诚有怀疑，这样的话以后的朋友不做了。连长见胡马别克真生气了，晚上又拎了两瓶伊犁大曲到毡房并且和胡马别克喝到天放亮，两人这才搂着肩膀言归于好。酒醒后连长想看胡马别克对自己的话一脸认真的样子肯定没说假话。可同样的种子、土地、阳光和水，大田地里的瓜为什么没有胡马别克的瓜让人回味无穷？百思不解的连长此时心里已经拿定了主意——那就是他要彻底按胡马别克种瓜的方式虚心学习，从灌水、点播、间苗、追肥、锄草、打权，一切按胡马别克种瓜的步骤进行。他要仔细瞧瞧胡马别克种瓜的秘密究竟藏在哪里？

　　秘密是在瓜藤爬秧长到四五十厘米长时被揭晓的。

　　那是6月初瓜苗尚未开花打扭时，连长又跑到胡马别克家的瓜地转悠。今年邓家沟大田瓜地所有的种瓜程序与胡马别克同步，而且每一步连长都不敢疏忽，生怕没有跟上节奏。这天在胡马别克的瓜地里他发现胡马别克带着老婆在瓜沟里正忙活着。连长走到跟前只见胡马别克在瓜苗根部的位置用坎土曼刨出一道深深的槽子，他那个穿着长裙的老婆把筐子里切碎的苦豆子一捧捧地埋入槽内封土后并用脚踏实。连长问你们埋这些苦豆子干吗呀？胡马别克说我也不清楚，但从我记事起我爷爷、我父亲他们种瓜一直都是这样做的。连长突然间恍然大悟，他紧紧握住胡马别克的手说，我现在终于明白你种的瓜为什么与大田地里的瓜口感不同的奥秘了，原因就是在这苦豆子上。连长说胡马别克老哥你喝了我那么多酒，为什么不告诉我这个秘密啊？胡马别克咧着嘴说，连长，你也没问我这个呀？再说我也不知道种瓜为什么要煨苦豆子，我只是按我爷爷、我父亲的方法把它们埋入瓜苗根部，至于埋苦豆子和种瓜之间有什么关系我确实不清楚啊，而种瓜煨苦豆子是我们哈萨克族从老一辈那儿一代一代传下来的。

　　连长从胡马别克坦诚的表情相信他说的是真话。的确在他和胡马别克聊天的过程中也从未提及这西戈壁荒野上随处可见的苦豆子草，也难怪胡马别克没有往这方面想。苦豆子在我们西戈壁到处都是，但人们从来没有把它当作宝贝，现在当知晓胡马别克种瓜口感产生奇妙的变化很有可能是因为苦豆子，连长从胡马别克家瓜地出来后就通知连队所有职工下地割苦豆子。连队职工对连长下的这个命令多少有点儿摸不着头脑，这戈壁滩上谁也不愿多扫一眼的苦碱草如何入了连长的法眼。问连长干吗用？连长一言不发只是让大家把连队周围的苦豆子割来后全部拉到马号。很快马号附近的空地上苦豆子就堆成了山。那一连几天可辛苦坏了连队马号锄草的几位饲养员，连长命令人歇铡刀不停地将拉来的苦豆子全部铡碎。尔后连长又让人按胡马别克的方式，将一捧捧苦豆子埋在了瓜苗根部。这年西戈壁的瓜又获得了大丰收，那些西瓜甜瓜的美味口感真是无法用文字来表述。梁场长吃过邓家沟大田地的瓜后大喜，他对连长说现在这瓜和胡马别克的瓜没有任何差异了。

从此后，西戈壁的瓜名声大振，而用苦豆子煨瓜也成了西戈壁种瓜人不是秘密的秘密。

邓家沟海子边这个连队的连长是个爱琢磨的人，他从用苦豆子煨瓜产生的奇效口感上动了脑袋，他想既然苦豆子作为绿肥可以使瓜改变口味，那么苦豆子在其他农用作物方面是不是也能取得同样的效果呢？他先后在连队种植的玉米、高粱、黄豆上做实验，产量和口感上并无明显变化。后来，他用苦豆子在连队几百亩的土豆上做实验，使西戈壁土豆的口感取得了质的飞跃。

那是在土豆苗打蕾开花之前，沿着土豆苗的垅用铁锨开一条约20厘米的沟，如煨瓜苗根部一样将事先铡好的苦豆子埋在垄沟里，在长达半年的日子里，苦豆子草成为绿肥后慢慢浸入土豆根部，从而产生出了意想不到的效果，秋季挖土豆时起出来的土豆不仅结得多个头大，而且那种沙甜是任何地方的土豆不能同日而语的。梁场长听说连长用苦豆子煨土豆觉得也挺稀罕，便专门过来要品尝土豆。那时农场的经济条件得到了改善，梁场长不再骑马而是坐了一辆上级奖励的旧吉普车直奔连队正开挖的土豆地。连长在电话中听到场长要过来便亲自在土豆地里垒了个窑，他要把最好的土豆原味原汁显现出来。

垒窑干什么？那是西戈壁人烧土豆的一种独有方式。

所谓的"窑"，就是用较大的土块垒成一个圆形的空巢。窑的大小由两方面决定。一是吃的人多窑就需要大些（当然再大一般也不能超过烧30公斤土豆的量），吃的人少则小些。二是垒窑的材料，根据土块的大小，土质紧土块大的可将窑垒得大些，土质松软土块小的则只能垒个小窑。垒窑看起来容易就是将大小不一的土块垒一个巢。其实则不然，哪些

土块适合做窑底，哪些土块适合做窑壁，哪些土块适合搭架，哪些土块适合封口，在垒窑的人心里必定都有数。如果眼里没活手下不知轻重，垒不了几层窑就塌了。有的人垒时很好看速度也快，但由于土块搭建组合得不好，在烧的过程中，很容易把某个土块烧酥了，那整个窑就会"轰"的一声塌下来前功尽弃。西戈壁的人对垒窑都不陌生，从上小学的孩子起男女老少都会做这个活，因为家家都爱烧土豆、烧玉米，甚至烤大饼这些都离不开垒窑（只是烤大饼不需将窑土全部打碎，而是将揉好的饼子放在铁板上，再封火放在窑内炳上几十分钟就熟了，这种窑可长期使用）。烧土豆的窑垒好后必事先预留一个烧火的窑口，一般人们都会就地取材，将周围的树枝和杂草弄过来一堆填入窑内，那些烧起的火苗会从窑的不规则的缝隙中蹿出，要不了20分钟窑内的火就会将窑内外所有的土块烧得通红通红。这时候人们只需将窑内的余火扒拉出来，并将窑口封上，再将窑的顶端（事先留好的垒窑时最后盖上的一块较薄的土块）用棍子夹起来放在一边，然后把早已准备好的土豆围着窑顶的洞口一个个扔进窑内。往窑内扔土豆也需要功夫，必须轻扔轻放，毛手毛脚的人是不能做这活的，因为扔土豆时稍不小心碰到烧酥的窑壁，瞬间也会造成窑塌。直到土豆全部安全放入窑内（窑内面积的二分之一左右），烧窑的人这才把刚刚取下来的那块窑顶土块再盖到窑的顶部封好，对拿着铁锹围在一旁观看的人说声可以了。这时大家伙儿就会挥舞着铁锹对着烧酥的窑一阵轻拍轻打，直到将窑全部打得粉碎。而后迅速用旁边的碎土再将还发着热气的窑厚厚地盖上一层，让一丝热气也冒不出来。垒窑人这才一屁股坐在田埂上，点上一支莫合烟如欣赏自己什么杰作似的，只待开窑扒出烧烤的土豆香气四溢，随后获得人们的几句奉承和赞誉，心理上得到了极大满足和享受。

　　在吃午饭的时候，那些堆在窑内的土豆被人们用棍子轻轻扒拉出来，一个个皮儿焦黄，散发着浓郁的香味出现在人们面前。在那个年月每个秋季挖土豆是西戈壁人最为开心的日子，因为连队领导说凡是在土豆地里来干活的人烧土豆可以管够，尽肚子撑能吃多少吃多少。

连长亲自垒窑烧出的土豆果然不同凡响，梁场长一连吃了两个才喘口气夸赞道，这土豆的味道没的说，你们连又为西戈壁农场争了光，今年农场评先进你们连要不得第一，哪个连也不敢上台领奖。

那些年西戈壁的瓜好吃土豆好吃，吃过的人都说难以忘怀。可谁会想到酿造这甘甜美味的却是来自这西戈壁荒野默默无闻的苦豆子。

当我长大上学之后离开西戈壁，每每想起苦豆子时总感到有些神奇。其实在童年时苦豆子在我们生活中就早早有所认识，虽然苦豆子花不芬芳浓烈，但那些远在河南、江西的养蜂人，每年都是拉着一箱箱的蜜蜂到这儿采蜜，苦豆子虽苦花期却很长，每年从五月初可以开放到立秋。而且蜜蜂采花酿的蜜却是醇甜无比的啊。虽然苦豆子草味苦牲畜不爱食，但和苦豆子相伴生长的却是甘草，也就是说有苦豆子生长的地方必然会有甘草出现，而甘草是牲畜最爱食的草料，至于苦豆子为什么和甘草相伴相生，其中原因我也没弄清楚。收割牧草时苦豆子和甘草是无法单独分离的，牧人打草时两种草也会捆在一起苦甜相依。西戈壁冬季漫长雪又大又厚常常超过半米深，那时节畜群无法出行到野外觅食，就靠牧人夏秋之季早早打下的牧草维持生命。锄草时牧人会有意将苦豆子和其他的牧草掺混在一起给畜群喂食，说来也奇怪，吃过苦豆子的畜群从不拉稀，而且宰后肉质也异常鲜美，西戈壁的羊肉属"西戈壁三宝（瓜、土豆、羊肉）之一"。再后来查资料得知，苦豆子大都分布在西北，主要生长于沙质土壤中，耐沙埋、抗风蚀，具有良好的沙生特点，也就是说苦豆子这种植物生来就是与戈壁荒漠为伍的，雨水充沛土壤肥沃反而不适应它的生存。苦豆子不仅是优良的固沙植物和可利用的牧草，还是重要的药用植物资源。早在1914年人类就从苦豆子籽实中提出苦参总碱，入药发现其有清热解毒、抗菌消炎等作用，后又分离出槐定碱、槐胺碱。1930年被正式列入《美国药典》，随后医学界又研究发现苦参碱中槐果碱在临床上有抗癌效果。而我们常年

治疗腹泻的克泻灵片、苦参碱制剂妇炎栓等均来自苦豆子。原来，西戈壁农场畜群不拉稀的原因在于苦豆子本身具有抗泻的作用。

经过60年兵团一代又一代人的努力，如今的西戈壁荒漠早已改造为良田，也正因为自然环境的改变，这里已不再是苦豆子生长的家园，人们也很难寻觅到苦豆子的踪迹了。不过由于现代科技的发展，西戈壁农场在科技园按沙漠土质的状态还专门种植了几千亩的苦豆子，但这只是供人观赏和制药厂所用，和那时荒漠戈壁肆意生长的苦豆子是不能相提并论的，只能说留给人们的是对那个年月的回忆。

而要想吃到用苦豆子煨出的瓜和土豆的确是真难了。因为苦豆子没有了，那些煨瓜煨土豆的西戈壁人也都越来越老了。

西戈壁的陈年旧事

一、麦场失火

那是20世纪60年代初，西戈壁农场收割麦子还没使用收割机，而是必须用人工将种植的小麦用镰刀割倒。那时我们四连种的小麦有4000多亩，人工割倒后再用稻草绳捆成捆，用马车拉运到麦场上进行脱粒。因为麦场上拉运的麦捆太多，又被分成了若干个麦垛，那些堆垒起来的麦垛也高如小山。

7月的西戈壁正是烈日最为灼烤之时，麦收季节，场部机关、学校、医院等行政后勤单位也都会抽调大部分人员到各连队参加麦收战斗。因为割麦是个耐时间耗体力的活。由于当时全部靠人力，麦收时间会长达一个多月。那时节，凡是参加麦收的男女浑身上下的衣服都被汗水浸透了，极度干燥的空气仿佛点根火柴就会燃烧。在大田地里割麦，每个人脸上、胳膊上、腿上，只要是没有被衣服遮挡的地方都会脱几次皮。那皮被烈日暴晒过后不几天就会泛出小白点，用手指据着鼓起的小白点一撕一扯，瞬间就会将暴晒过的皮一片片揭起来。曾参加过二万五千里长征的黄场长常说，谁不在西戈壁的土地上脱几层皮，谁就不配"兵团战士"这个光荣称号。割麦也是连队每年进行劳动竞赛"大比武"的重头戏，在连队办公室门前的黑板上，每天都公布着收割进度的人员名单。当时最响亮的口号叫"谁英雄、谁好汉、麦地里比比看"。单位之间、班排之间、个人之间都进行这种拉力比赛。我的母亲为了争夺连队"割麦状元"的称号，曾在麦地里一天一夜连轴转，24小时未合眼，终于为她赢得了一条印着"为人民服务"字样的毛巾和一个大大的用于喝水的白瓷缸子。

连队麦场着火是在那天下午3点左右。当时连队在麦场上干活的人吃完午饭不久，人们正不停地往脱粒机大嘴（脱粒机一个长宽约有两米，正方形吞麦捆的机口，俗称"大嘴"）里扔麦捆。扔麦捆又叫喂麦捆，除有体力外还需要有眼力，也就是人们常说的眼疾手快。喂麦捆的人共分为两组，每组12个人人手一杈，挑起的麦捆像流水线作业似的在每个人杈子中行走，而且不能间断，不能有空杈，更不能偷懒，杈子稍慢一点就会影响整体的作业工序。因此，喂麦捆的人员也可以说是连队职工里的精兵强将，臂上有力，眼睛里有水（意思为机灵）。当时正在干活的24人，也不知道是谁发现地下的麦捆突然着火了，大声嚷嚷，着火了、着火了，大家赶紧放下手中的铁叉，急急忙忙跑进麦场的警卫室取盆和桶，从麦场的水塘里取水来扑救。可那些已被西戈壁阳光暴晒多时的麦捆有个火星就可燃烧，还没待人们将水端过来，那"腾"地燃起10多米高的火焰就灼得人无法靠近。虽然紧挨麦场边连队事先挖了一个类似于涝坝的水塘，在水塘里放满了水，但在这突如其来的大火面前，"杯水车薪"这个词用到此时最为恰如其分。幸亏在麦场上干活的魏连长当机立断，招呼在麦场上扬场的、抗东西的、装麻袋的、垒垛的几十号职工拼命地在堆的如山一样的麦垛之间划出隔离带，才使大火没有蔓延将麦场上所有的麦垛引燃。由于魏连长决策英明，再加上那天天空中没有一丝风，拉运到麦场上的几大垛麦捆便被大火烧掉了两垛，但就这样损失了好几十万斤粮食。按当时的市值算也要好几万块钱，要知道当时连队职工一年的收入不超过250元，这把火等于烧掉了全年连队职工的收入。更为可惜的是还烧毁了农场今年刚刚分配给连队的一台新脱粒机。为救这台机器，看管这台机器的师傅苏彪眉毛、头发都给大火掠了一遍，严重灼伤被送进了师部医院。

西戈壁农场的黄场长得知麦场着火的消息后，骑着马箭一般越过邓家沟的浅滩，赶到了麦场。还没容魏连长敬礼，喊声报告，举起手中的马鞭照着魏连长的屁股就是一鞭子，疼的魏连长双脚立马跳了起来。这魏连长复员前就是黄场长手下的排长，开发建设西戈壁农场又成了他的部下，是黄场长很看重的一名干将。看着麦场上黑乎乎的一片，气就不打一处来。他用马鞭指着魏连长说，"防火、防盗、防破坏"这"三防"年年夏收开会年年讲，每年都说记住了，记住了，还会出这么大的乱子。见魏连长低头不语，黄场长更加提高了嗓门："麦场为什么会失火，明摆着这是阶级敌人的蓄意破坏，看来阶级斗争这根弦我们蹦得还不够紧，这是个深刻的教训啊。我今天把话揭到这，抓不到点这把火的罪犯，我就把你魏连长送到军事法庭（当时西戈壁农场归兵团管理，兵团为军事单位）。"黄场长说着话，随即转过身对一同前来的农场保卫股赵股长发话："你们保卫股现在就成立专案组，限时破案，对了，让我们的魏大连长全力配合保卫股工作，我倒想看看这个四连到底隐藏了什么样的牛鬼蛇神在兴风作浪。"

这赵股长原来也是黄场长当团长时手下的侦察连长，跟随团长多年，自然知道领导的性格和脾气，连忙像在部队时那样敬了个军礼说："请首长放心，保证完成任务。"

关于麦场失火的原因，保卫股查了几个月始终未有结果，但因为擒获了土匪"麻胡子"，又抓住了两起命案的凶手"打狼英雄"潘志远，算是歪打正着，那受损的10多万斤小麦和这几起重大案件侦破相比，反而显得不是那么重要了。经请示最后作为悬案挂了起来。赵股长还因为侦破案件有功，不久就被调到上级保卫部门。

看脱粒机的苏彪，在医院躺了半年多后回到连队，但他说什么也不愿在机务排工作和机器打交道了。他主动要求去饲养班，去喂养连队那些牛羊。他说他喜欢看畜群吃草的样子。

这一晃麦场失火案过去了快50年，当年在麦场参加劳动的职工都陆

续进入了农场"三八线"的陵园处。我也在上学后离开了西戈壁农场。但父亲还依旧在农场生活，当然，那个过去的四连如今也不叫四连了，改成了作业区。队部也变成了耕地，连队的职工都搬进了场部的楼房，几十年前的梦想早已变成了现实。

今年春节，我回到西戈壁。在和父亲的聊天中，父亲问我，你还记得那年连队麦场失火的事吗？我说记得啊，那是我童年印象最深的事，怎么能忘记啊。父亲对我说，当年麦场失火案的"凶手"找到了。是谁？我感到特别惊奇。因为对我来说，这是尘封了半个世纪的悬案。现在只要提到火或者看见火，我都会想起麦捆燃烧的镜头和场景。父亲说，就是在麦场开脱粒机的苏师傅。我说，这怎么可能，苏师傅是救火英雄啊。父亲说是苏师傅告诉他的，苏师傅说当时脱粒机移场地，在他用榔头敲击皮带轮的一个支架时，可能榔头敲击的火星，或敲出的铁屑燃着了麦捆。可在当时的情况下，他连躲都来不及，又怎么敢承认是他惹的祸。在医院住院期间，魏连长来看他时，他曾想将自己的怀疑说给魏连长听，但魏连长当即劝阻他什么也不要说，也不要再和任何人提及。魏连长握住他受伤的手说，苏师傅，你是救火英雄，是我们全连职工学习的榜样。记住，麦场失火和你一点关系都没有。苏师傅事后想，那是魏连长在有意保护他，他当时那个身份，如果说麦场失火由他引起，对他这个劳改释放犯定个"破坏生产罪"重进监狱都是轻的，弄不好"打头"都有可能。苏彪说后来为什么要去喂牲口，那是看到机器心里就难受。苏师傅对父亲说，我眼看着不行了，这件事是我心里的一块病，那年在麦场上干活的人走得差不多了，现在魏连长也走了，如果我不说出来，进了陵园烧成灰也不会安宁啊。

父亲那时出了几本书，他的身份也从职工成了干部，在我们兵团和西戈壁农场算是一名作家了。苏师傅让父亲帮忙写了份关于那个年月连队麦场失火案的情况说明送到农场派出所（40年前保卫股已撤销）。派出所的民警那都是外地调来的，50年前麦场失火时他们都还没出生，对农场那些陈谷子烂芝麻的事情不十分清楚。再说，这事情过去了50年，即便真是敲击脱粒机引发的麦场失火也无法查证了。派出所年轻的所长告诉苏师傅，别纠结以前的事了，你们这些老人都是西戈壁农场建设的大功臣，好好地享受晚年的幸福生活吧。

听了所长的话后，苏师傅心里压了几十年的一块石头终于落了地，不久之后安详的闭上了眼睛，也去"三八线"陵园报到去了。

二、麻胡子

西戈壁农场成立于1956年，是个有着1万多人的农场，土地面积近百万亩。农场经过几年的开发建设，有了一定的基础和规模。这个农场职工的身份很复杂：有进军新疆复员的解放军，有参加1949年9月25日原国民党部队起义的官兵，有清朝和民国间从内地来此垦荒种地的陕甘老乡，有当地的维吾尔族、哈萨克族牧民；有50年代响应国家号召拖儿带女来参加建设新疆的（俗称"支边"人员），还有很大一批投亲靠友跑到这里落户的自流人员（俗称"盲流"），另外还有一些从监狱放出来的"两劳"（劳改、劳教）刑满释放的新生人员。

保卫股赵股长原是干侦察出身。新疆和平解放之后，仗没得打了，剿匪任务也完成了，让赵股长感到自己是英雄无用武之地。好在黄场长慧眼识人，让他去管西戈壁农场的保卫工作。身上有枪也算没有完全改行，只是军装脱掉而已。赵股长当年30多岁，个头不高，也就1.7米左右，和大田地里干农活的职工没有多大区别。别人看他时，他好像永远没有睡醒，只有他看别人时，那眼睛透出的光犹如捕捉到猎物般兴奋，而他那种兴奋往往令对手不寒而栗。用他战友的话，这是个驴上树都不露笑容的家伙。其人最大的嗜好是抽烟，不管是好烟劣烟，从不讲究。那时对烟的供应极度匮乏，除了农场自己搞了个手工作坊生产烟卷外，职工抽的基本都是自卷的莫合烟，赵股长也不例外，口袋里常经常是放个盛莫合烟的烟袋。平时抽烟，一支烟在嘴里叼着只抽到一半，两只手又开始用废报纸卷另一支。查办案子时他轻易不表态，不说话，但一旦开口准会击中要害。不用几个回合，对手就会乖乖缴械投降。农场不管认识不认识的人很少称他赵股长，大多喊他"鬼子"。如果在审讯时他把正抽的烟掐灭了，那就是他对这个案子胸有成竹了。那时没有犯罪嫌疑人之说，一般被抓起来的人都称之罪犯。罪犯在没有审讯前会设想无数个应对的招数，会编造无数个自认为圆满的情节，可在他的眼睛面前，谎言瞬间就会露出马脚，土崩瓦解，以至罪犯自己都觉得扯得这个弥天大谎太肤浅，太蹩脚，不堪一击。

此次麦场失火案首先进入赵股长眼睛里的是一个外号叫"麻胡子"的人。

"麻胡子"也是在麦场上喂脱粒机大嘴的24人之中的一人。

这个"麻胡子"，原名叫马三，是原民国党部队一个团长的警卫排长。在"9·25"起义之前，这个团长随不愿起义的师长跑到了国外。马三和大多数国民党的官兵一起接受了改编。但改编后不到半年，马三受不住人民解放军部队的约束，偷偷开了小差，跑到离起义部队所在地乌鲁木齐千里之外的巴里坤的草原上去了。巴里坤在新疆东部，是从哈密进入新疆东大门必经之处，那里有着广袤的草原和牧场，是新疆有名的牧区。马三为什么跑到巴里坤？这是因为马三在加入国民党部队前，曾在巴里坤草原一带当过多年的土匪，而且是一个心黑手辣的土匪小头目，后来在一次两股土匪的火拼中，马三这伙被打散了，为了躲避追杀，他就投了国民党的部队。因在当土匪的几年中练就了一手好枪法，又懂得调教马匹，很快被一个团长相中，提拔成了他的警卫排长。还有一个原因是几年前马三为骑兵连选马，又回到过巴里坤草原。那次选马，对于马三来说有点荣归故里之感，因为此时的他摇身一变，不再是草原的"土匪"，而是正儿八经的"国军"了。那段时日是马三最为快乐的时光，用他的话是神仙过的日子，不仅仅天天有好酒好肉招待着，而且他还和当地一个草原牧主的女儿一个名叫云朵的姑娘好上了。几个月后，马三挑选好好几十匹战马回了军营，和云朵相好这事也成了他众多风流债的一段插曲。随着时间的流逝，早被马蹄声给抛到九霄云外去了。待起义后的马三想要离开解放军部队开小差，寻摸有个落脚之处时，猛然想起巴里坤草原的云朵。心想，在那个地方天高皇帝远，应该比较安全。只是不知道在草原上可能找到云朵了，扳着指头算离开云朵已经好几年了，云朵就是忘不掉他也可能早就嫁人了。

事情也正如马三所料，在马三离开巴里坤不久，云朵就成为他人之妻了。而云朵的父亲，那个草原上的大牧主在中华人民共和国成立前的一次草原部落聚会中，由于饮酒过量而早早去了另一个世界，逃避了中华人民共和国成立后牧民群众对他的清算。

草原上的人非常善良，虽然与马三并不相识，但他路过每一座毡房，都会好生招待。马三就这样从一个毡房流浪到另一个毡房，整天混吃混喝。如果仅仅因为吃喝，草原上的人还能原谅马三，然而马三这人离不开女人，见了姑娘、媳妇常爱说个不咸不淡的骚话，如果恰好男主人不在时还爱动手动脚。用草原牧民的话，那就是一个挨马鞭子抽的货，如果再敢踏进毡房，就让他这辈子做不成男人。

马三在草原上醉生梦死的几年，西戈壁农场已经完成了前期的开荒任务，生产和生活条件都有了一定的改善。那些和马三一起起义的国民党官兵也都成了兵团农场的职工，有的人还娶妻生子。马三此时在草原上不好混了，开始查历史、查户口、查身份，他害怕自己以前当土匪的历史被人检举，又打听到西戈壁农场大建设需要劳动力，便让过去他的手下找到农场劳资股，报名加入职工队伍。由于是熟人介绍，农场劳资股也就未认真审核，对于马三开小差、当逃兵的历史也就没有人知道。他转身一变又成了退伍军人，只有马三心里清楚，自己是个冒牌货，不过时间久了，他见也没有人问过，便又得意起来，好像自己过去还真是人民解放军的一名战士。

西戈壁农场的人来自五湖四海，建场初期，也没有什么娱乐活动，干活休息时，职工们围拢在一起天南地北地说起各自家乡的趣事、闲话。肚子里有点文采的人会根据每个人身上不同的特点，琢磨起外号。马三的脸上有几颗麻点子，"麻胡子"这个外号就顺理成章赏给了他。以至于后来连队劳动、开会，连长喊人点名时都忘记了马三这个名字，而扯着嗓子喊"麻胡子"。对这是个外号，马三倒也不太计较，连队大人小孩都这么叫，时间长了，马三的真名倒被人渐渐忘记了。

赵股长和麻胡子的相识，是一群湖南女兵来到西戈壁农场不久。

前面说过，马三个人很好色，走到哪儿都爱招惹女人，用西戈壁职工的话属于"骚情"类。从内地来西戈壁参加工作的人大多数是拖家带口，大姑娘很少，一般都是有几个孩子的娘，劳动之余开个玩笑，逗个乐子，即便说些裤腰带以下的话，只要不太过分出格，哈哈一笑，或臭骂几句一般女人也不会太计较，如果有些女人脸上挂不住，心里骂几声不搭理不接话头就是了。

这群"八千湘女上天山"仙女的到来，无疑像是给马三打了一针兴奋剂。这些湘妹子太漂亮、太水灵，如麦叶上滚动的露珠，让人怎么也瞧不够。这些妹子可不比西戈壁大田地里干活的女人，要脸蛋有脸蛋，要身段有身段，那风韵自然不同。更主要的是有文化，能读书念报，特别是那说话的神色和腔调，是麻胡子这辈子也不曾见过的。当听说有个别连队已有湘妹子嫁给了西戈壁的兵团战士，他是无比羡慕，夜里睡觉都流下口水，恨不能那个新郎就是他麻胡子。

只是麻胡子太普通了，实在无法入这些湘妹子的眼，也可以说从来都未曾留意过他这个人的存在。而他心头腾腾燃起的欲火又让他难以入寐。以至有一天中午他爬到男女厕所中间的隔墙上偷看正在方便的两个湘妹子。当时两个湘妹子正在蹲坑说着话，猛然发现隔墙处有响动，猛抬头正瞧见麻胡子那张龇着牙的脸，两个湘妹子吓得哇哇大叫，大喊有流氓，提起裤子便跑出厕所。麻胡子爬在隔墙上正想看个究竟，听到大叫的声音，也吓得从墙头滑下，飞身逃去。

两个湘妹子哭着从厕所跑回了宿舍，当时正是午饭之后，宿舍里还有连队不少单身职工在一起玩扑克，侃闲话，听了哭诉，有人说不用问，准是麻胡子干的。有几个血气方刚的小伙子捡着铁锹就朝麻胡子住的房子奔去，而此时的麻胡子也刚刚从厕所跑回房间躺在床上，他脑袋飞快地转着，心想自己爬墙头的事湘妹子会不会告诉连队领导？如果告诉了，自己该如何应对。可当他还没想出个对策，没想到，他用铁锹顶住的胡杨木做的门被人几脚就踹开了。进来的几个人二话不说，直接把他从床上拉下来拖出门外，一阵拳脚，直打得麻胡子在地上滚来爬去。这个曾当过多年土匪的家伙，即便有再好的身骨，在棍棒、铁锹把子之下也只有喘气的份。满脸的泥土和血水混合在一起，不停地嚎叫就如同一头即将被宰杀的猪。

连队住宅区本身也不大，又都住的是平房，大部分人家吃过饭正在收拾，有个别爱睡觉的人已躺在床上，听到有打骂声，对于闲来无事的职工可以说有了看热闹的去处。很多人便跑出来看热闹，当人群看到是麻胡子跪在地上求饶时，竟然没有一个人过去拉架、劝架，曾被麻胡子骚扰过的女职工，边说打得好、打得好，边不停地朝地上呸呸。旁边有人起哄，这个不要脸的家伙，把他裤裆里的那个东西阉了，看他还怎么骚情。

直到连队干部听到声音跑过来，拉开了动手的人。再瞧瞧趴在地下喘气的麻胡子，整个身体龟缩在一起，成了一条癞皮狗。

事后，麻胡子农场医院住了一段时间，伤好出院后他去农场保卫股找赵股长，要求惩处那些对他施暴的打人凶手。

赵股长在麻胡子住院期间到连队了解了事情的前因后果，听了麻胡子的诉求，赵股长眼皮都没抬地说，不是看在你也是复员军人的份上（"9·25"国民党部队官兵起义后加入了中国人民解放军的序列），这次挨打受伤吃了苦头，我现在就可以按流氓罪把你抓起来送进监狱，我们农场的职工是有严格的纪律，你还敢调戏妇女，谁给你的胆子？告诉你，这次就不处罚你了，回连队后要好好接受教育，认真反省，不在有什么不轻行为，否则你就不可能站在这里说话了。

赵股长的几句话，使麻胡子额头不住地冒出冷汗，他心里非常清楚，赵股长可不是拿话吓唬他，就凭爬墙头的事，送他去围墙（监狱）那可是板上钉钉子，证据确凿。因此，他对赵股长连连点头说，感谢领导的教育，我一定痛改前非，重新做人，重新做人。

麻胡子那次事件之后，回到连队倒也规矩了许多，很少再撩拨女人了。连队职工说，这家伙就是个贱骨头，没有血的教训就不会长记性。

在麦场上喂脱粒机的一共24人，为什么赵股长第一眼就"相"中了麻胡子呢？这是因为麻胡子肩膀伤的一处枪伤引起的。那个枪伤的疤痕好像刻意被火烫过，如果不注意或没见过子弹枪击你的人会以为可能就是烧伤。但对于把弄枪弹多年的赵股长来说，他一眼就可以分辨出来。因为当天问讯麦场现场的人时，男人们都穿着二溜背心，麻胡子自然也不例外。赵股长走到麻胡子跟前时好像条件反射似的，随口问了一句：还挂过彩啊？没有，麻胡子很快地回答，那是被火烧的。哦，被火烧的，赵股长又瞧了一眼麻胡子的肩膀，没有再说什么。当天晚上，赵股长躺在床上想，打仗受伤是正常的，这个麻胡子为什么遮遮掩掩的隐瞒，如果不是有什么问题，他没有隐瞒的必要啊。赵股长觉得不管麦场失火和这个麻胡子有没有关系，但就凭他故意隐瞒枪伤这件事就有必要认识一下这个人。

被保卫股的人请到房间，麻胡子的心怦怦跳个不停，他不清楚自己是在什么地方露了马脚，而引起保卫股的怀疑，当大脑飞快地旋转一阵后他认为自己并没有什么把柄留下，而且麦场失火的确不是他所为，所以当在房间坐下后他反而沉静了下来，他想这是调查失火案的例行公事。

赵股长依旧不紧不慢地卷莫合烟，他不识时抬头扫一眼坐在对面的麻胡子，他发现每次当他的眼神和麻胡子的眼神相遇时，麻胡子都会立即闪开，不敢与他的目光对接。心里无鬼，自会坦荡，目光漂移，有意回避，这说明这个人肯定有问题。或者有什么秘密隐藏，否则不会流露出那种故作轻松的举止和神色。多年从事保卫工作的经验使赵股长心里清楚，对付麻胡子这类人，必须自己掌握火候，切记不能让对手瞧出自己的想法和念头，得让对手琢磨自己，试探自己，琢磨得越多，试探得越多，他的精神压力就越大，就会愈加崩溃。摸清对手的思路，你才好掌握主动，抓住破绽。赵股长闭口不谈麦场失火的事，而是反复追问麻胡子肩膀上的烫伤是怎么回事？是在哪里受的伤？为什么火只烧着了肩膀那个地方？麻胡子没想到赵股长会问及肩膀上伤疤的事。因为事前他没有想过赵股长会问这个问题，没有想过对策，自然解释不明白，以沉默回答问话。与其支支吾吾地回答让其抓住不放，还不如咬紧牙关，一声不吭。麻胡子的这副神态的确有些出乎赵股长的意料。审讯这般对手赵股长感觉到惯常的套路反而起不了多大的作用。于是，他决定开门见山，直接指出肩膀上的枪伤究竟是怎么回事？如果他连枪杀和烧伤都分辨不出来，这个保卫股长真是个草包，不配在这个位子上坐了。听完赵股长的话，麻胡子低头沉怔了好一会儿才说，那是他在草原上被土匪打的黑枪。麻胡子没有说出什么时候受的伤，但只要他承认是枪伤就好办。赵股长就连续追问他还有什么隐瞒的没有？麻胡子开始支支吾吾，到最后免不了说些在西戈壁偷鸡摸狗的事。谁知说着说着不留意间说出曾偷盗过马。说到马一下子让赵股长抓住了话头，追咬着不放，让麻胡子交代清楚。

麻胡子现在后悔也无用了，他只能怨自己的嘴巴没有缝起来。其实他肩膀上的枪伤还是在他当土匪时留下的，那时他们去抢一大户人家，没想到那户人家根本不好惹，还没等他们越过院墙，就被人家护院给打得屁滚尿流，当场死了3个土匪，麻胡子在床上躺了半年才能抬动胳膊，幸好那颗子弹从肩膀穿过没打伤骨头，但也留下了一块疤痕。平常穿着衣服没有人会注意，但干活时天气热穿背心时就显露出来，别人问起他打马虎眼说是火烫伤的也就过去了，没人会关注那个伤疤。当然，为了预防万一，或使伤疤更像火烫的，他还忍着痛，用烧红的炉钩在肩膀上有意烫了几下，可就这样也依然没有瞒过赵股长的眼睛。

既然已经瞒不过赵股长的眼睛，麻胡子自己又将盗马的事说了出来。他不交代显然过不了关，于是吞吞吐吐地将两年前他和连队的崔会计，哈萨克族小伙子桑昆去北塔山买马，半路上将20多匹马全交给盗马贼的事说了出来。

四连去北塔山牧场买马被盗的事赵股长没有忘记，因为几十匹马丢失可是一件大案，无奈他们保卫股追查了几个月都无功而返，没想到此案的作茧者竟然是眼前这个人。

麻胡子说，因为西戈壁农场生活条件差，这几年他和自己以前的几个手下没少偷盗职工家饲养的家禽。有的被他们偷来吃掉了，有的被他们找地方卖了，两年前的一个初冬，也就是12月初吧，连队准备去北塔山买几十匹拉大车的马。那时节连队运输的主要车辆就是马车，由于种植面积的扩大，原来的两辆马车已不能满足生产生活的需要，必须对马车班进行扩编，由班改成排，这样就需要增加马车，增加马匹。得知连队要去北塔山买马，他第一个报名，他说他以前去过那儿，认识路，买马是个苦差事，既然有人愿意吃这份苦，连领导自然高兴，还在大会对麻胡子进行了口头表扬。这样，麻胡子和连队的崔会计、哈萨克族牧工桑昆一同到奇台县的北塔山牧场去买马，挑选马匹很顺利，因为西戈壁农场和北塔山牧场同属一个师的农牧场，师部畜牧科提前给北塔山牧场去了电话。牧场的人很重视，专门给各个毡房做了安排，要挑选最好的马支援西戈壁农场。

北塔山牧场离西戈壁农场有600多公里的长途距离，在路上要行走四天，前三天都还顺利，到第三天晚上买马的三个人因为还有一天就要回到西戈壁，在阜康滋泥泉子一个路边大车店（可以照看牲畜的店）休息，眼见买马的事大功告成，三人晚上还晕乎乎地喝了一壶当地出产的高粱酒。

可早晨一醒来，三人傻眼了，拴在大车店牲畜棚里的20多匹马不翼而飞，一匹都不见了，这可把三人的酒吓醒了。特别是昨夜值班的连队牧工桑昆，不停地低着头垂着脑袋来回踱着步子，一边走一边用拳头在他那闪着光泽的狐狸皮帽子上砸来砸去。麻胡子表现得也很着急，不停地询问桑昆昨夜值班可发现有什么异常情况？还对桑昆说，一定是草原上那些盗马贼干的，这些贼也太胆大了，这么多匹马一匹也没给咱留下。说完不住地唉声叹气。桑昆说，连队派咱们来买马，就是要将这些牲口毫发无损地安全赶回连队。我是草原上长大的牧民的儿子，丢了牲口这事放在别人身上或许可以原谅，但出现我身上我可是丢不起这个人。这样吧，桑昆对崔会计和麻胡子说，你们先回连队报告吧，我再返回一趟北塔山，我想说不准那些马又会跑回那些冬窝子呢（牲畜冬天放牧的地方）。麻胡子听了桑昆的建议，对崔会计说，也好、也好，看来也只能这样了。崔会计是他们三人买马小组的领导，此时六神无主，心里祈祷，如果真如桑昆所言，能到北塔山牧场找回丢失的马那是最好不过的事了，否则，等待他们的是什么，崔会计连后果都不敢想象。

此时只有麻胡子在心里冷笑，桑昆，你这个榆木疙瘩脑袋，你能想到的问题别人都可以想到啊。那丢失的马怎么可能跑回北塔山牧场，此刻已经跑到阿勒泰草原了。

原来这些马匹的丢失都是麻胡子从中作案，可以说是他一手策划了这起盗马案。

麻胡子几天前听说连队要去北塔山牧场买马，便自告奋勇地找到连队领导报名，还特意提到自己以前去过草原，对马匹也熟悉。连队领导一听有人主动去大雪封山之地自然高兴，便很快顺利地把这个任务交给他。其实，去买马是个十分辛苦的活，那时节，不是靠车辆拉运，而是要在冰天雪地里将马匹赶回来，这来回上千公里路程，没有一副好身板是难以扛下来的。那么麻胡子为什么要主动挑这副又累又苦的重担子呢？原因只有一个，那就是从连队得知要买马那天起，他心里就萌发了盗马的念头。他和原在国民党部队当兵的几个旧下属商议，便得到了一致赞成。要知道，当时一匹马的价格胜过一个大田地里整个劳动力的收入，20多匹马啊，那不是发大财了吗。更为巧的是其中一个旧下属过去就手脚不干净，和外面的盗贼有往来。一经联系，盗贼自然兴奋，当即定下在马匹路过阜康滋泥泉子时在那儿下手。为什么选择在滋泥泉子？因为滋泥泉子往北是古尔班通古特沙漠，穿过几百公里的沙漠就是阿勒泰草原。只是这条路一般人很少走，沿途的沙丘一座连着一座，不仅缺少水源，而且容易迷路。盗马贼都是些胆大妄为之徒，信奉鸟为食亡，人为财死，他们经常四处流窜，故而对这条道十分的熟悉。

挑选的马连续走了三天的路，可谓马乏人累，到那日天傍黑赶到滋泥泉子大车店后，麻胡子就故意撺唆崔会计整点儿酒喝，解这一路的困乏。崔会计原就好贪这杯中之物，麻胡子的话勾起了他肚子里的酒虫，又想起明天路途也就100多公里可以顺利地赶回西戈壁农场，便概然应允。哈萨克族小伙桑昆还未成亲，自然是身体棒棒的不怕睡凉炕的年龄。你一杯我一杯的，三人足足把5公斤重的一壶散酒喝了个底朝天方才尽兴。因为麻胡子和桑昆要轮流为马匹值夜，喝酒时麻胡子心里装着事，便推脱自己上半夜要值班不易多饮，但却频频给崔会计和桑昆两人用喝水的瓷缸子敬酒。崔会计和桑昆不知麻胡子的用图，来者不拒，两人很快就进入醉酒的状态。

麻胡子见崔会计和桑昆两人躺下不到抽一支烟的工夫就鼾声如雷，便穿上毡筒出了门。门外的喂养牲口的马棚下，事先约好的五六个盗贼已在那儿等了好一会儿。因为天气在零下30摄氏度以下，尽管盗贼穿得都比较厚实，但依旧抵御不住寒风的侵袭，双手揣在皮大衣里，两只脚在地上来回走动，而帽子两旁脸部的额头上已被嘴唇冒出来的热气成了一层冰霜。

麻胡子和其中一个叫"老六"的人握了下手，指着正在食槽中嚼吞草料的马匹说，都是上等的货，我亲自验的。

"老六"说，我刚才已瞧了一遍，不错，是纯种的北塔山的马。这种马可日行千里，可遇不可求，出手价格也好。

"老六"递给麻胡子一个布口袋，说，小弟这儿谢了，以后有什么好生意尽管招呼。

麻胡子接过口袋说，不用客气，江湖上讲究个义字，有钱大家赚。不过老弟，这单生意可千万别在本地脱手，弄不好会扯风（翻船）的。

"老六"对麻胡子拱拱手，老哥放心，大路朝天，各行有各道，小弟可以保证在这方圆千里内，你连这些北塔山马蹄的影子都找不到。

一伙盗贼趁着夜色，赶着他们从北塔山牧场买回的这几十匹马扬鞭而去。

麻胡子目送盗贼和马匹消失在茫茫的雪夜，然后才回到房内。见两人在大炕上依旧酣睡，便也和衣躺下，约莫过了两个多小时，推推身边的桑昆，快起来，该你值班了。

桑昆此时醉意正浓，眼睛都快睁不开，嘴上答应说好的、好的，一个翻身又呼呼睡去。

麻胡子见状，心里暗自窃喜，小子，你就睡吧，你就好好睡吧，天亮了就有你哭的时候。

早晨天还蒙蒙亮，大车店老板就送来了早餐，热腾腾的奶茶和堰饼。崔会计见桑昆还倒头在睡，便推推他说，小伙子，怎么还在睡？你昨夜可是睡过了头，连班都未值啊？

听了崔会计的话，桑昆好像才从梦中苏醒，他有些不好意思地挠挠头，立即爬起来出来直奔马棚。

还没等屋内崔会计和麻胡子将一碗奶茶喝进肚子，只见桑昆慌慌张张地跑进房内，连声说，不好了，不好了，不好了。崔会计把刚塞进嘴里的一块饼咽了下去，忙问道，大早晨的什么不好了，大惊小怪的？桑昆说，咱们买的马，买的马全部不见了。麻胡子说，昨晚上半夜我值班回来还检查了一遍，一匹马都没少，喊你去守夜，你说一会儿去，一会儿去，原来你一夜都在睡觉，根本没有去值班啊。听了麻胡子的话，崔会计愈加生气，他站起来，用手指指着桑昆说，你呀你，昨晚怎么说的，要你少喝点少喝点，你还偏偏逞能，说没事没事。现在好了，这些马如果真丢了，咱们三个人这辈子都还不清。桑昆说，马是在我值班时候丢失的，这个责任我负责，怎么处罚我都认。桑昆说他要返回北塔山牧场去找马。结果可想而知，桑昆跑遍了北塔山牧场方圆几百公里几十座毡房，也未能寻到半点关于马的音讯，半个多月后耷拉着脑袋跑回了西戈壁。

一下子丢失了20多匹马，这在当时是一个不小的案子。农场保卫股对去买马的麻胡子、崔会计、桑昆调查询问了多次，甚至买马的毡房、沿途入住的大车店也都进去仔细走访查证，但终究一无所获。因为20多匹马的价值也在万元之上，即便让3人倾家荡产也赔不起，但不处罚是说不过去的，因为毕竟是3人喝酒误事造成的，说得严重就是没有责任心。场部决定，将崔会计从干部岗位调整到大田地劳动，对麻胡子、桑昆分别给予当年扣罚工资的处分。对农场的处罚决定，3人都表示不冤枉，甚至还感谢农场的宽宏大量，没有因为这事将他们从职工队伍中开除。唯有麻胡子最为开心，可以用心花怒放来形容他那份得意。

丢马的悬案在麻胡子这里有了结果，也算是意外之喜。这个麻胡子就凭他和盗贼联手盗窃公共财产巨大这一条也够送他到"围墙（监狱）"里去了。

麻胡子在西戈壁最"亲密"的旧属有两个人，一个叫姚建，一个叫李庄，只不过这两人都不在我们四连，分别在三连和六连。这姚建、李庄这几天听说四连麦场着火了，麻胡子被农场保卫股带去调查，急得像热锅上的蚂蚁，每日提心吊胆，跟着麻胡子，这几年在西戈壁偷鸡摸狗没少做坏事，跑又不敢跑，躲又无处可躲，心里在祈祷，但愿麻胡子不要将他们一起干的坏事交代。正在他们惶惶不安之时，保卫股将两人请进了审讯室。

这个姚建不等保卫股的人询问，就急急忙忙将这些年麻胡子和他们几个同伙在西戈壁所干得坏事一五一十做了交代。因为盗马一事是他牵的线，他深知这可不是一般的盗窃案，是要进监狱的，故表示一定戴罪立功，争取宽大处理。他说自己有那些盗贼的联系方式，一定配合保卫部门将那些盗贼一网打尽，绳之以法。

而李庄所讲的一件事更让赵股长震惊和后怕，他说麻胡子后来有一次喝酒，曾有向他炫耀，他在巴里坤草原还有两把手枪和一箱子弹。当然那是麻胡子酒后所言，也不知是真是假，麻胡子说完可能连他自己都忘记了，事后再不曾提及过，李庄也没有多打听，因为他知道麻胡子这个人心黑手辣，什么事都能干得出来，为了自己不招惹麻烦，他也从未问过麻胡子。因为今天被"请"到保卫股，他才把这事说出来。

涉枪案在任何时候都是惊天大案。

审讯完李庄结束，赵股长就将麻胡子可能私藏枪弹的事报告了师保卫科。师保卫科听了汇报后不敢怠慢，直接将麻胡子从西戈壁农场押上直奔千里之外的巴里坤草原。

在吉普车里坐着的麻胡子做梦也不会想到，就是因为肩膀上那个枪伤疤痕，会把自己送进监狱。

麻胡子当时开小差去找云朵，是因为他觉得自己有资本。这资本就是他的两把手枪和一箱子弹。这可是比黄金还值钱的硬货。这两把枪是新疆和平解放前夕那个国民党团长留给他的。团长说，马三跟了他这么多年，这两把枪就算留给他做纪念了，手头困难时，还可以换些银子用。麻胡子当时很感动，觉得这是团长对他最高奖赏。部队起义后，登册上交武器，麻胡子只将他平时所用的长短枪和一把马刀交了上去。团长留给他的那两把枪，他偷偷藏了起来。当他骑着马来到巴里坤草原流浪于毡房之处时，最后的落脚点还是云朵家里。虽然那时候云朵已成为他人之妻，但对这个能到草原来寻找她的男人还是非常感动，而且从内心深处来讲，对这个曾在一个被窝里翻云覆雨的男人也怀有怜悯之情。于是，她没有丝毫犹豫，就将麻胡子收留，并视麻胡子为亲人，每天好酒好肉地招待。云朵的丈夫是一位牧主的儿子，他的父亲因为在解放初期参与暴乱而被解放军击毙，他也就成了不折不扣的斗争对象。出于反动家庭的后代，平时做事都唯唯诺诺，所以对自己的老婆云朵收养这个以前的"相好"，他可以说是忍气吞声，敢怒不敢言。而当麻胡子第一次走进他们的毡房时就亮明了手中的"家伙"，麻胡子说这枪就是他的"身份"，那黑洞洞的枪口当即使牧主儿子脊背发凉。

　　如果不是因为草原开始清查"户口"，落实每个人的真实身份，麻胡子可能会在巴里坤草原长期待下去，继续他的这种幸福生活。但当土匪这些年，他非常清楚自己手上沾满了无辜生命的鲜血，如果被检举揭发，他保不准会挨枪子。为了今后能够生存，减少必要的麻烦，他必须有一个合法的身份。于是，他将两只手枪和子弹用油纸裹好深埋在了云朵家羊圈里，他想即便是今后云朵的毡房搬迁，只要定好方位，他也能够找到埋枪的位置。

　　兵贵神速，师保卫科的吉普车跑了一天一夜的路，终于来到了位于天山脚下的巴里坤草原。巴里坤草原属于高山草原，一望无际的绿铺满了山川，这里比西戈壁农场整个季节推迟了。西戈壁农场已走进了秋季，而这里的小麦正在抽穗，特别是草原上依然是花海如锦。在草原上没有跑几座毡房，师保卫科的吉普车就跑到了云朵家的毡房前。当云朵看着戴着手铐的麻胡子，张开的嘴一下子再合不拢了，她知道眼前这个男人一定是犯大事了。而当麻胡子的目光和云朵对视时，他只是很平静地对这个女人点点头，甚至嘴还露出一丝微笑。当一行人走到云朵家羊圈的西北角时，麻胡子指着脚下厚厚的羊粪说，就在这里，说完话，他闭上了眼睛。

很快，让随行的人挖掉了半米多厚的羊粪层，又朝下挖了半米多深的黄土，终于挖出一个用羊毛、布、油纸裹了三层的包裹，打开一看，正是两把烤漆闪着蓝光的手枪。随即又挖出了一箱子弹。

赵股长用他那被莫合烟熏得发黄的手指敲着麻胡子的脑袋说，这么多年，你可隐藏得够深的啊。如果不是麦场上的火，要想挖出你还真不容易。

三、"小诸葛"

麦场上开脱粒机的师傅叫苏彪。苏彪能够开上脱粒机应该感谢魏连长。因为开脱粒机是个人人羡慕的工作，按理说怎么也轮不到苏彪这个新生人员，可苏彪运气好，原来这台脱粒机是苏联生产的，由于说明书上都是外文字，别人也看不懂，魏连长就想起了平时爱说个"OK"的苏彪，就让苏彪摆弄，经过苏彪捣鼓一番后，这脱粒机就能正常工作了。魏连长觉得这苏彪不仅会种菜，还是个玩弄机械的宝贝，于是便特地将他从蔬菜班调整到机务排。对于这从天而降的好事，苏彪自然感激不尽，因为搞机务在西戈壁农场的职工来说那是最好最光荣的职业，是从复员军人、贫下中农成分的人中层层筛选，甚至还要全连开职工大会举拳头表决。而且最为主要的是干机务比农工每月要多好几块钱，钱多钱少是次要的，关键让苏彪骄傲的是，他得到了农场的认可，他有了第二次生命。所以这次麦场救火他才奋不顾身在火海中保护机器，哪怕自己烧伤也要保护国家财产。对这样的职工，农场党委大张旗鼓地号召全场干部职工向他学习。赵股长原本想去医院找苏彪聊天，问麦场失火情况，可魏连长说，医院正在全力抢救，现在去不合适，对这样的同志，我们不能也不应该产生怀疑。

苏彪由于在麦场失火时为保护国家财产（拖拉机）而被严重烧伤，这消息一经传出，立即被师和兵团报社的记者嗅到了新闻价值，连续有几拨人跑到西戈壁农场要采访苏彪的英雄事迹。无奈苏彪还在医院抢救，用医生的话说暂时不宜和外人接触，为了宣传好这个救火典型，黄场长让农场宣传股准备一些有关苏彪的个人材料。每个新闻单位来采访时先选上一份，这叫早动手，不打无准备之仗，并给连队指导员发了话，要连队好好配合上级宣传部门，做好英雄事迹的宣传。与此同时，黄场长要求保卫股继续努力、再接再厉，早日查出麦场失火案的真正原因。为了奖励前段时间保卫股的工作佳绩，黄场长还特地从自己私人柜子里拿出一条大前门香烟送给赵股长。见了烟的赵股长，眼皮都没眨，而是冒出了狐狸般的贪婪光泽，连声谢谢都没来得及说，赶紧将整条香烟揣进怀中，那副样子就如害怕强盗打劫似的。

赵股长正为得到黄场长一条大前门的奖赏而沉浸在愉悦之中，还没缓过神来，魏连长却给他带来了一个说不上是好消息还是坏消息的消息。

那就是失火当天也在麦场上喂脱粒机的"小诸葛"不见了。不仅"小诸葛"不见了，而且连他的老婆春杏和儿子戈壁也一起不见了。

赵股长对魏连长说，不着急，不着急，你慢慢讲，会不会临时有什么事来不及请假出门了，或者说两口子带孩子走亲戚去了？

魏连长拍着大腿说，这怎么可能啊，你知道的，连队夏收之际，职工一律不准请假外出。再说，"小诸葛"两口子属于盲流，这地方就没有什么亲戚和朋友；还有最重要的一条就是咱们那天开会已经明确告诉麦场上喂脱粒机的人，每个人都是怀疑对象，未经批准不得离开连队，随时配合调查的。为什么说他不见了，这是因为昨天下午7点多钟，他说家里有事要提前回去，当时我也没在意，心想离下班也就一个多小时了，回就回吧。今天早晨班长喊他出工，可他家的门都是锁着的。问前后邻居都说没见着。我怕出事，又连忙让几个职工把连队角角落落都查了一遍，可是连他家3个人的影儿都未照见。

赵股长说，我们还没找他谈话，他跑个什么？又怕什么？这一跑很能说明问题，或许这麦场失火跟他还真脱不开关系。

赵股长当即把"小诸葛"一家三口失踪的消息报告给了黄场长，黄场长指示，既然这个叫"小诸葛"的是麦场失火的怀疑对象之一，而且又在调查期间失踪，还没找他谈话，他心虚什么？如果没有问题，玩什么失踪。他还想跑，能跑到哪里？农场保卫股抽调一些人手，到他可能去的昌吉、阜康、乌鲁木齐市的长途车站、火车站进行堵截。对了，为了以防万一，你们还要派几个人去吐鲁番、哈密的火车站守候，必须把他控制在疆内。

不能不说黄场长布局周到，"小诸葛"一家果然没从北疆上车，而是在当天早晨爬上了一辆去吐鲁番火车站的拖拉机。

当天早晨天麻麻亮，连队职工还沉浸在梦乡，"小诸葛"和老婆春杏各自背着一个包袱，拉着还正瞌睡的儿子戈壁偷偷跑到了312国道上去挡车。说来正巧，他们在路边等候了不到一袋烟的工夫，就碰上一辆从石河子开往吐鲁番大河沿拉运货物的拖拉机。当时吐鲁番大河沿是南北疆货物的集中转运站。开拖拉机的师傅是个热心人，见天色还没亮就有人在路边，不用问准是急搭便车的，便将拖拉机在他们身边停下，他坐在驾驶室里问"小诸葛"，这么早要去哪里？"小诸葛"没回话反而问师傅，你们的车要去哪里？当听师傅说要去吐鲁番大河沿拉货时，他马上接口说，我们一家人正要去吐鲁番呢。师傅说，这真应了那句话说的，来得早不如赶得巧，算咱们有缘，我就免费拉你们一程。听了师傅的话，"小诸葛"连声说谢谢师傅，随即将儿子举起递给车厢里的人，便和老婆春杏爬上了车厢。

从西戈壁农场到吐鲁番有300多公里，由于其中有100多公里是山路，要穿越天山古道，也就是过去牧羊人所走的牧道，可以说拖拉机行走在这样石头连着石头的路上，四个轮子犹如在跳舞。坐在车厢里的人屁股无法挨着车厢坐。否则很有可能颠簸下去。只能用双手紧紧抓住车厢的护栏板。"小诸葛"的儿子戈壁幸亏有包裹垫着，就这样也被颠得东倒西歪。在车厢里的"小诸葛"跟随着车轱辘的蹦跳而蹦跳，虽然嘴里和车厢里的人搭着话，但却是满脸愁云。自麦场失火，保卫股调查起火原因开始，他就夜不能寐，虽然那麦场的火和他一点关系都没有，但他和老婆春杏心里被一个比失火更大的秘密压着，这个秘密压得他透不过气来，而且他笃定，随着失火案的调查深入，他所包裹着的这个秘密很快将大白于世，届时他就是想跑也跑不掉了。虽然他不知道自己究竟能跑到哪里，但心中有一个念头，那就是逃离西戈壁，越快越好。

"小诸葛"和春杏是5年前来的西戈壁农场。他们来的时候是五月初，西戈壁泛黄的土地上刚刚露出一抹新绿。

那时"小诸葛"领着老婆春杏，一个挺着大肚子的女人满脸疲惫地来到四连，当时两人的境况像是逃荒般，二人头发蓬乱、面黄肌瘦，"小诸葛"背着一个破旧的竹筐，他们四下打听可以干零工的地方。当时正在食堂吃饭的魏连长刚好路过，他见"小诸葛"说话有气无力，便随便聊了几句，这一聊还聊成了老乡，"小诸葛"的家乡和他同属于一个地区，俗话说"亲不亲，故乡人"，魏连长得知"小诸葛"正儿八经在家乡读过高中，又见"小诸葛"媳妇挺着个大肚子，满脸倦容，着实让人心疼，便动了恻隐之心。他对"小诸葛"夫妇说，我们这里是兵团农场，是正规的国有单位，很难寻到零工的活，你们既然是出来寻生路的，虽然西戈壁目前条件很差，但至少不会饿死人，有句话说得好，"哪儿黄土不埋人"啊，我看你们就在这儿落脚吧。

魏连长的一席话如突然而降的幸福，令"小诸葛"夫妇感激不尽，他们从家乡出来的目的就是想寻找个能够接纳他们的地方，无奈人生地不熟，这些天他们边乞讨边打听，但都没有肯收留他们的地方，没想到，正当他们感到绝望的时候，魏连长几句话就让他们的憧憬变成了现实。原本伶牙俐齿的小诸葛顿时有些结巴了，他不知道用什么语言来表达这种令他眩晕的幸福，便不停地说着谢谢，谢谢大哥。一边说着话，一边拉着他那挺着肚子的女人想给魏连长跪下。魏连长见状赶忙摆着手说，这是干吗，这是干吗呢？我们连队可不兴这个的。还有，你们今后就是这个四连的职工了，不能叫大哥，要叫连长，明白吗？

"小诸葛"连连点头：明白，明白。

那么"小诸葛"为什么千里迢迢从老家来新疆逃荒，这是有原因的，这个原因来自春杏。中华人民共和国成立前春杏原是"小诸葛"家乡一个大地主的第三房姨太太所生，中华人民共和国成立前大地主被镇压打了脑壳，春杏的母亲在一个秋雨霏霏的夜晚用一根绳子悬了梁。当时刚满12岁的春杏转眼间成了孤儿，这个孤儿是典型的大地主后代，必须接受贫下中农的监督和改造，于是，她也就成了当时生产队年龄最小的劳动力。春杏过去有个奶娘，这个奶娘后来翻身成了主人，看到过去吃自己奶水的小姑娘孤苦伶仃，心中不忍，便将这个无依无靠的小姑娘领进了家门。这个奶娘有个儿子名叫诸葛聪慧，就是现在的"小诸葛"。论月份，诸葛聪慧比春杏只大两个多月。春杏的到来，使正在读书的诸葛聪慧非常高兴，想方设法使这个妹妹脸上多一分笑容。但两个成分截然不同的家庭出生，使他们的身上打上了不同的人生印记。然而青春的花朵是鲜亮的，即使有风雨有苦难，只要有阳光，她们也开放得绚丽灿烂。两个正值青春期的少年男女，他们的世界是不会被束缚的，也没有任何力量能将他们开放的花朵禁锢。

对于诸葛聪慧和春杏的相恋，"小诸葛"的父母亲没有任何反对意见，因为他们是看着春杏长大的，对春杏这个孩子也充满了怜悯和疼惜。可这事遭到了"小诸葛"家亲戚们的一致反对，他们说，如果娶了春杏，"小诸葛"这辈子就毁了，不光"小诸葛"毁了，连"小诸葛"的后代都毁了。亲戚们指责"小诸葛"父母看不清形势，敌我不分，不为家族前途着想，并对当初收养春杏的事十分恼火，应该现在就将春杏赶出家门。其中一个亲戚在生产队当干部，他说，诸葛聪慧这么优秀，在农村锻炼两年（当时高中毕业必须回家乡劳动两年），无论参军还是上大学都是好苗子，都可为诸葛家增光添彩。但如果和春杏结婚，这辈子只有窝在农场刨土疙瘩。

那亲戚说的也是实话，在那个特殊的唯成分论的年代，"小诸葛"如果和春杏结婚，那就意味着一辈子抬不起头，而且还会祸及子孙。对这个问题，当初"小诸葛"的父母可能未想到。亲戚们的这番话，如一个个石头击中了"小诸葛"父母的心窝，瞬间砸得老两口眼冒金花。他们想，这个家可不能因为要娶了个地主的女儿或许几辈人遭人白眼，让人戳脊梁骨。

老两口思量着如何让两个孩子分手，别在一棵树上吊死，不曾想"小诸葛"和春杏已经好得过了头，春杏那时肚子里已经暗结珠胎。

这可是天大的丑事，瞒是瞒不住的，春杏瞅着自己的身子就眼泪汪汪，她恨自己生不逢时，不如随她母亲，一根绳结束了自己。可当肚子里的孩子蠕动时，她又舍不下孩子。现在冬季有大棉衣遮掩还不见显怀，要是开春，单衣薄衫的，那就什么也不用说了，光那些手指和唾沫就让春杏不是吓死也会羞死。

"小诸葛"的父母眼见两个孩子六神无主，整天相拥落泪，心自然软了，最后"小诸葛"的父亲说，俗话说得好，树挪死，人挪活，天地这么大，为了你们不在家乡丢人现眼，我看你们就外出寻条路去吧，最好往远处走，到新疆去，那里地广人稀，只要肯下力气，一样能生活。"小诸葛"的父亲之所以说到新疆，是因为在此前的两年，村里有的人家拖儿带女去新疆支边了。后来村里有些人在家乡填不饱肚子，也到新疆投亲靠友谋生活去了。

为了让"小诸葛"和春杏到新疆去有个身份，"小诸葛"的母亲找到大队一个负责公章管理会计，偷偷送上斗地主时得到的一个金耳环，让这个会计写了一个证明诸葛聪慧和春杏是贫下中农的证明，盖上了红色的印章，在正月的爆竹声还未响起的时候，"小诸葛"和春杏两人背着简单的行李离开了自幼生长的村庄。

两人西出阳关，从绿皮火车、敞篷汽车到拖拉机、马车、牛车，甚至什么交通工具也没有的时候，两人就靠双脚跋涉在戈壁。两人带的干粮在火车还没到哈密时就吃完了，余下的路程可以说边打零工边乞讨而来到西戈壁，直到遇到了魏连长，两人才算有了落脚之地，否则春杏肚子里的孩子会出生在哪儿，谁也不知道。

"小诸葛"这名字是因诸葛聪慧在职工干活休息时爱讲《三国演义》的故事而被连队的人随口喊出来的。

"小诸葛"和春杏来到连队时间不长，和连队很多职工都成了好朋友。冬季，连队的人爱套兔子，最爱用的是用细铁丝做成的圆圈，放在兔子路过之地，不乏所获，但有时也会因各种原因而空手。"小诸葛"获取兔子不是那样，他是用类似于渔网的粘网，网下有机关，只要兔子从网中路过，可谓插翅难逃，这种粘网式的捕获远远大于铁丝套子。对收获来的兔子，"小诸葛"大都送给了周围的邻居，为他赢得了不少好名声。而媳妇春杏腌制酸菜的本领更是一绝，辣子、芹菜、莲花白、胡萝卜、豆角、韭菜，可谓五花八门，味道更是让人过口不忘。春杏也很大方，给左邻右舍谁家都会送上一大碗，连队职工对这小两口没有不夸赞的。

麦场失火，"小诸葛"当时在挑麦捆的人中间，当火着起时，他还用手中的铁叉扑打了几下火苗。无奈，那火腾地一下就燃烧起来，烈焰灼得人无法靠近，他的头发还被腾起的火苗给燎了一下，像割韭菜一样几乎烧光。当他从麦场边的水塘拎水过来时，那火已顺着麦垛爬上了最高处。眼前腾起的火焰有几十米高，长这么大，"小诸葛"是从没见过这么大的火，在大火面前他感到人是多么的无力和渺小。

"小诸葛"当时也没有注意到那火是从哪儿燃起的，因为当时他处在挑麦捆的中间位置，直到前面的人大声叫喊着火了时，他发现火苗已蹿起老高了。当保卫股的人找他问话时，他倒是很坦然，因为自己不抽烟，而且从来都按规定不带火种上麦场。这火怎么燃的应该跟自己没有关系。然而，当他听保卫股的人说，要彻查麦场上干活的每个人，包括他们平时的表现和过去的历史时，他心虚了、心慌了，因为只有他自己清楚，他和春杏落户的证明是假的，只要农场保卫股一外调，春杏的"贫农"身份一下子就会露馅。隐瞒成分这一条会犯什么罪他不知道，但他知道这事情很严重，严重到令他感到恐惧。

他和春杏在西戈壁出生的儿子戈壁已经4岁了，西戈壁的生活虽然艰苦，但对于走出家乡异样目光的他们来说，这里就是他们生活的天堂。春杏可以说已经适应或者爱上了这个地方，这里的职工虽然来自不同的地方，但从不欺生。连队领导一如部队领导一样，对每个职工家庭的生活都非常关心。职工们在一起劳动之余说说笑笑，十分融洽。春杏感到西戈壁的太阳是那样的温暖，甚至西戈壁碱地上那些四处开放的苦豆子花在她眼中都显得妩媚。当然这种美好是在春杏的眼睛里的，而每到夜深人静，只有她和"小诸葛"两人蒙在被窝里时才会嘀咕，那就是春杏假贫下中农成分一事。那是压藏在他们心里的一颗定时炸弹，他们不知道那炸弹什么时候会暴露？什么时候会炸响？一旦炸响就会使他们现在安详的日子全部变了样。至于会不会把他们送进监狱就不是他们能决定的了。而每当想到这里时，他们又会各自安慰，不会的，不会被人发现的，这都过去几年了，不是一切都平安无事，过得好好的嘛。

农场人事部门也曾为落户调查过他们的身份，因为有"小诸葛"那张盖着大队红印的生产队证明护着，所以也都有惊无险地混过去了。渐渐地，两人心中的那颗石头落了地。就在小诸葛和春杏都要将冒充身份的事情忘记的时候，谁想麦场的一把火，仿佛把两人烧醒。原来，在他们的头上，还始终悬挂着随时会落下的一把利剑，也使他们心里明白，原来这几年的幸福都是虚拟的，一旦真相显露，他们今天的幸福就犹如肥皂沫。

与其束手就擒，不如趁保卫股还未对他们采取措施就远走高飞。至于走到何处飞到哪里？"小诸葛"和春杏谁也拿不定主意，"小诸葛"的意思是返回家乡，现在春杏有了孩子，家乡人应该不再为难自己了吧。但春杏不愿回去，春杏说，再回到家乡，她又成了地主的女儿，他们的儿子戈壁，也会成为地主女儿的小崽子。她可不愿自己的孩子被别人看作另类，她要让小戈壁生长在没有人歧视的阳光下。还有一个原因是当初"小诸葛"和春杏是私自跑出来的，现在阶级斗争抓得那么紧，回去后会不会被抓住批判、游街甚至判刑谁也不知道。因为春杏的确是开了假身份证明，给定一条逃避改造的罪名就够受的。思来想去，回老家这条路行不通。

既然回老家不成，又没有具体可走的目标。两人决定去南疆。南疆沙漠更大，戈壁更多，人烟更稀少。换句话说，那就是更利于特殊身份的隐藏。而要去南疆，必须经过吐鲁番。"小诸葛"心里清楚，他们逃走后，保卫股的人一定会认为他才是麦场失火的元凶，要不为什么还没轮到对他问话就逃之夭夭，这分明是肚中有鬼啊。农场保卫股的人也会在各处车站蹲守，而他和春杏选择从吐鲁番上车也就是要避开寻找他们的人。他想，保卫股堵截他们的人不会想到他会从远离西戈壁几百公里的吐鲁番去南疆吧。尤其让他感到安慰的是，一家三口在路边等了不长时间，竟然还真碰上了一辆去吐鲁番的车。看来，真是天无绝人之路啊。

然而，还没容"小诸葛"和春杏暗自庆幸长出一口气，当春杏在候车厅里照顾孩子，"小诸葛"刚要把手中的钞票递进售票窗口，有人便在他身后的肩膀上拍了拍，他一转身，便发现有个连队职工熟悉的面孔，他顿时觉得完了，此时他明白什么叫插翅难飞。他知道那个连队职工是带人寻他来的。

在农场保卫股，"小诸葛"一五一十地讲述了他和春杏的故事，包括春杏身份造假的问题。赵股长为这几天抓这个"逃犯"动用了众多人员很是愤怒，他对"小诸葛"说，就是个身份的事，值得你们连夜逃跑？西戈壁连国民党的战犯、劳改释放的人都能留下，就容不得你老婆春杏这个地主的后代？而且是个没享受过多少老地主福禄的女儿。党的政策是不唯成分论，这个你们不清楚？你们可知道这些天为了把你们"抓"回来，浪费了我们多少人力、财力，更主要是耽搁了我们多少宝贵的时间。

赵股长几句话说得"小诸葛"和春杏低下了头。但他们又从赵股长的话语里听到了另一种希望，那就是农场不会把他们抓起来送进监狱。

　　赵股长见"小诸葛"和春杏低头不语，对魏连长说，这是你们连队的职工，他这一跑没给我们少添麻烦，你看该怎么处理他们。

　　魏连长对"小诸葛"逃跑的事很生气，对春杏身份造假他也从未听"小诸葛"汇报过。自然也怒在心头，但听了他和春杏的故事，心里又泛起怜悯和同情，他没好气地说，把这些天派人寻找他们的费用全部从他们年终收入中扣除，令"小诸葛"在全连大会上做深刻检讨。

　　赵股长点点头说，好，就按你说的办吧。

　　"小诸葛"和春杏听赵股长和魏连长的话，两人面面相觑，他们真有点不敢相信自己的耳朵。在他们夫妻俩心里藏了这么久的事，以为此生都不可能见到阳光的秘密，竟然这么轻松地破解了。这对担惊受怕守候秘密的他们来说，这幸福也来得太快了吧。以至于让两人感觉仿佛耳朵听错了，脑袋也有些眩晕，因为从吐鲁番火车站回到连队，他们心中曾有一万个假设结果，但唯独没想到会这样轻松搬掉他们心中的一座大山。不要说做检讨，处罚一年的收入，就是处罚10年的收入他们也乐意。

　　事后，魏连长对"小诸葛"说，在找他们谈话之前，他和赵股长已经提前进行了沟通，在他们逃跑的这几天，通过走访和查证，保卫股可以确定，麦场失火的确和"小诸葛"无关，也就是说，解除了对他们的嫌疑。但既然失火和"小诸葛"没有关系，他们又为何匆匆离开连队，其中可能有别的隐情，当然那不是他们这个专案组需要关注的了。

　　魏连长问"小诸葛"夫妇，你们现在还想离开西戈壁吗？见"小诸葛"和春杏都直摇头，魏连长又接着说，现在到处都在抓阶级斗争，就春杏的身份问题，你们现在去哪儿都不容易，或许会吃更多的苦头，我看还是留在西戈壁吧。

　　听了魏连长的话，此时的春杏觉得西戈壁的天真是蓝得透彻，她的眼睛含满了泪花，或许这就是喜悦的泪花吧。

温故远去的时光

　　离乌鲁木齐市不足百余公里的地方有一个农场，那是我的出生地。那地方在未建农场之前是一大片土地肥沃水草茂盛的荒原，曾有过许多的地名。有叫老龙河的、邓家沟的、西戈壁的、芨芨槽子的、三十户的。农场隶属关系也曾几经改变，最初叫农垦厅直属农场，后来叫昌吉县农场、昌吉州农垦局农场，直到1981年兵团恢复之后才正式取名为兵团农六师共青团农场。在过去的年代里，这个农场并不出名，因为无论从人口还是从土地面积上来说，在兵团170多个农牧场里都不算显眼。农场的飞速变化也就这十几年的光阴，因为农场地理位置与法国酿酒盛名的波尔多小镇处于同一纬度，后来农场为提高知名度，又打出了"西域波尔多"小镇这样的地域品牌，所以现在这里可叫"波尔多"小镇，也可叫六师共青团农场。这些年，通过实施科技农业，这里成了兵团国家级农业科技园区，麦浪和葡萄长廊、白白的棉田和金灿灿的葵花相映，真可谓景色宜人，因此也成了观光旅游之地。

　　当然，更加令人骄傲的是2014年4月29日，中共中央总书记、国家主席习近平在新疆考察期间，冒雨来到农场，在田间地头和职工亲切交谈，鼓励兵团职工扎根新疆、建设新疆。总书记的话温暖见证了现在这个团场的魅力所在。

　　时光如翻开的书，风会吹开哪一页呢？

　　从1978年8月，初中毕业即在农场的田野里耕耘起至今已经41年了。

41年，如果说人生如一片树叶，那我这张叶片也已印满了四季的痕迹了；如果说人生如道道年轮，那我的每道年轮也经历了阳光和雨雪的敲打了。很多年前曾写过一首《雪山感觉》的诗，还记得最后两句是："雪山很远，永远也没有收获的界线。"

那么面对流失的时光，我所收获的又是什么呢？如果说岁月是收割成熟，那么我的所谓"成熟"则要从远去的生活履历中寻找印痕和影子。

关于父亲

对于父亲，就内心来说我和他之间自小起似乎存在一种不远不近的距离，不像我对母亲，总是怀有一种十分亲近的感情。父亲对于我犹如田野上的树，只知道季节的变幻，至于树叶的浓浅和金黄在瞬间无意识地流逝过去了。也正因如此，从出门在外上学和工作，直到娶妻生子，回到家里也只是长时间地和母亲唠叨一下外面的世界，而父子之间很少有过多的话题。

其实，父亲并不严肃，在我的记忆中，觉得他简直是一个"故事大王"，在他脑海里有数不清的故事，什么《辛伯达航海记》，什么《宝葫芦的秘密》，什么《月亮上的摇钱树》，直听得我们几个孩子半夜里还不想睡觉，嚷着他再讲一个。那时候我的连队没有电，每家是一盏煤油灯，队部的会议室里会悬挂着明晃晃的汽灯。连队搞什么运动大会，必定要请父亲登上台先讲一段《三国演义》或《水浒传》，好让人早早赶到会场。父亲很有说书的本领，在关键时刻，拿捏得恰到好处。听得台下的人个个竖起耳朵，瞪大了眼睛。听父亲讲故事，母亲会露出赞许的目光，但故事讲完了，她又会长叹一声。

父亲一生较为坎坷，换了许多的工种和职业，从秘书到会计到保管到连队农工，直到快50岁了，觉得自己再不"挣扎"一下可能什么也干不了，空有满腹经纶。在1980年的冬天，他开始写他所经历的故事。当然那些故事可能和作家的名分联系不到一起，但许多的故事串联在一起便成了厚厚的一叠小说手稿。父亲很幸运，就他那厚厚的一叠手稿后来成为粉碎"四人帮"后新疆出版的第一部长篇小说。而那部小说的责任编辑叫刘文琦，他在我们家那低矮的连队土坯房子待了整整两个月，手把手地教父亲如何写小说，如何写故事，如何设置情节，如何增加故事悬念，等等。可以说，父亲那部名叫《沉浮》的小说能出版至少有50%的功劳是属于责任编辑的。所以父亲常常对我们说刘文琦是他的恩人。

那部小说的出版使父亲的命运得到了很大的改观，他成了干部，后来成了师文联副主席，他有足够的时间写作了。而自此后父亲也的确够勤奋，到他退休前竟然出版了10余部中长篇小说，写了300多万字的文学作品。直到30年后的2012年湖北知音集团出版的《新周报》还转载了他的一部中篇小说的片段。

2008年11月母亲走了之后，我们几个子女考虑将父亲接到自己的身边，父亲执意不肯，他说在城里住憋屈得慌。我们知道他是怕拖累儿女，以此为托词，但又不好拒绝，只好请个家乡保姆照料他。去年我们曾带父亲到乌鲁木齐的大医院做了体检。医生说，老爷子身体非常好，可以长命百岁。父亲听了很是高兴。

2013年春节回家与父亲聊天，他说耳朵有些背了，眼睛也不好使了。我们说去医院做个检查，是不是白内障引起的，他说他不愿动手术，怕万一动坏他真的什么也看不见了。

只是让我没有想到的是当年8月，我回家时他竟然递给我厚厚一叠稿纸，父亲说他花了半年多时间又写了一部30万字的抗战小说《南京往事》。接过父亲那如孩童般书写的一个个整整齐齐规范的文字，我一时真不知说什么，心里有好多话想对他说却又什么也说不出来，我忽然觉得这么多年来我一直有意无意躲藏和父亲的交流一下子变得那么沉重。对于一个接近90岁的老人来说，半年时间写出30万字，而且是在眼睛模糊的情况下，一笔一画地用颤抖的手书写的一部长篇故事，他需要多大的毅力。我的眼睛不由湿润了。

因为有了一个这样懂得一点文学的父亲，我在开拖拉机时便开始了写作，或许当时也是想通过写作改变一下工作环境。1982年5月，我的第一篇习作《农场的黄土路》在《昌吉报》顺利刊发了。后来兵团六师有了《五家渠报》，兵团有了《新疆军垦报》《绿洲》杂志，我也陆陆续续开始在一些副刊上发表作品。那时候这些报刊的编辑老师是高颂锦、吴静林、梁彤理、东虹、李瑜、高炯浩等等。

感谢母亲

母亲离开我已经10年多了。

5年前的初冬我正在外地出差。出差前母亲就因病而住进了医院，那是母亲因糖尿病综合征第二次住进医院了。在此前的2005年母亲因为糖尿病在医院住了一个多月，从外地转到乌鲁木齐市医院的母亲当时已没了知觉，后经医生的全力救治，她很快就能下地了。我想坚强的母亲这一次也一定能够战胜病魔。况且在我要走时，母亲还十分清醒地叮嘱我说，放心吧，老娘没事，别为我耽搁了你的工作。谁料想我出差不到一个星期，母亲竟然转到了医学院的重症监护室。从西安赶回来的大姐带着哭腔在电话中说，老娘已昏迷不能说话了。从大姐的抽泣声音里我知道这意味着什么，但心里还存在着希望，或许母亲还能向上次一样能够站起来。我祈祷着连夜从千里之外的南疆奔回乌鲁木齐。在重症监护室，母亲的身上被各种不同的管子插着，依靠呼吸机在维持着生命。我握住母亲的手，只能感觉到微微的颤动。她的眼睛是睁着的，还是那般的温暖，只是少了些许以往的光芒。我亲吻了一下母亲的额头，用手梳理着她的白发，那一刻我不知用什么方法来安慰无助的母亲以解除她的痛苦。只是不由自主地眼眶湿润，泪水滚落，心被揪得生疼。

母亲是古运河水养大的女儿，很小的时候她的父母都不在了。十三四岁的她便从小挑起了生活的重担，不仅要照顾自己，还要照顾两个年幼的弟妹。故乡的荷花、芦苇塘、对着月儿摇车纺线的织机声，曾经憧憬和碾碎了母亲许多青春的梦。当年仅15岁的母亲走进了父亲的家门，从此以后，那条沉重的生活之舟便压在了母亲的肩头。成婚后的母亲并未得到多少幸福，比他还小两岁的父亲自幼也父母双亡，而且从能拉动黄包车起，就在南京街头拉车糊口。秦淮河上景色撩人，但流落在南京城里的母亲只能靠捡破烂和拾煤渣为生。

母亲说，她也有辉煌的时候，那是1948年冬淮海战役在我们家乡打响，母亲作为支前民工在部队护理了三个月的伤员，淮海战役胜利后总前委给民工发奖章，母亲也得了一个。母亲对这份荣誉看得很珍贵，那奖章她用红绸子包裹了好几层放在她陪嫁时的小木箱里，每年都要拿出来看几回。

后来母亲随父亲来到了兵团一个农场，作为土地的女儿，母亲对土地有一种特殊的感情，挖大渠、割麦子、扛麻袋她从不含糊，为此她获得过许多浸满她汗水的奖状。长大后我才明白，母亲那么拼命地劳累并不仅仅是看重那份荣誉，更多的则是可以多挣工分，以使我们一家人能吃穿得饱一些。20世纪70年代初，在我读小学时，农场的日子是贫穷和清苦的，因为按人头分粮，没有油水，粮食根本不够吃，为了正长身体的几个孩子不挨饿，母亲曾挑着百十公斤的担子走几十公里的路，把家里分得的一点细粮去城里兑换粗粮。

我们家曾经有一个"丰盛"的春节。那是有一年调工资，父母的收入从每月的21元调至28元。那时我刚读初中不久，领完工资的父亲和我天刚亮就骑着车子到15公里外的豆腐坊买了200多斤的豆腐，在那个饥荒的年代，豆腐都成为一种奢侈品。可想而知，面对那么多的豆腐，母亲的欣喜是多么的强烈，她按运河老家的习惯，将豆腐做成各种乳、饼、酱，我们吃了整整一个春夏。从此以后，我对那白白嫩嫩的豆腐今生今世都刻骨铭心。以至于每每在餐桌上看见豆腐，我都会想起那个雪花飘飘的春节。

母亲退休了，也变老了。当许多年过去，她的几个儿女除二姐在农场陪着她外，其余的翅膀硬了，都走了，飞了。所以当秋色的阳光暖暖地照在大地的时候，她都会出现在二姐那开着旺旺花朵的棉田里。而当母亲的白发和洁白的棉桃儿融为一体，苍野之间，我心里有种说不清的感情油然而生。母亲对土地那深沉的感情，不是用语言所能表述的。

棉花是很普通的棉花，母亲是很普通的母亲。在她的一生中从未做过惊天动地的大事，也从未希求我们回报什么。她所给予我们的，我们一辈子都偿还不清。因为那是大地上所有江河汇聚都不能代替的一种母爱。母亲极为平凡，平凡得犹如农场厚厚的黄土层，但母亲所走过的路，那种对生活从不失去信念，对生活的执着热爱和追求，会告诉我们很多朴素的道理。

母亲下葬后的第二天，农场的原野一片洁白。那年是晚秋，一直到11月下旬大地还裸露着，该来的雪一直未来。所以二姐说那场雪是老天爷专为母亲而预备的。我说那不是雪，天空中飘的全是洁白的棉桃。

母亲的坟茔在一个叫芨芨槽子的海子边，海子边是片片稻田、棉田和麦田。围着坟茔的还有一片生机勃勃的红柳。每年春夏之季，盛开的红柳花会为母亲不停地吟唱，而空中的小燕子则会年年为母亲报告春天的消息。

母亲除了她的姓名和扫盲班教的几个字外，报刊、书本上的字认识的不多。所以母亲对文化极为重视，小时候我因为贪玩和调皮逃过几次学，每每少不了挨她红柳棍的抽打，当时那个疼啊，现在回想起来还浑身发凉。当那年我报考中专失利而又未能就读高中时，母亲看着我长长叹了口气。后来我通过写稿件而调入团部机关时，母亲仿佛又找回了自豪的感觉，满脸灿烂。而到后来，我将新出版的书放在她手里时，她会把那本书翻来覆去看上好多遍，然后在封面上找我的名字，如果有人来家里，她会把书拿出来给别人炫耀，看看这是我儿子写的书。

回眸自己

　　读小学我是在农场一个叫四队的地方度过的。初中是在农场一个名叫"向阳中学"的地方度过的。初中二年级戴上红卫兵袖标，但不知是不是那个年月最后一批红卫兵队伍了。现在看看觉得袖子戴上个红袖标有些古怪，可当时却是满心的喜欢，那可是进步的一种现实表现。按照初中时的学习成绩，我觉得自己第一年就该加入红卫兵组织，但甲、乙两个班100多人中有一些所谓的"敢于和不良现象做斗争"的积极分子，无奈只好排在第二批。当然对于还有许多排在后面要求"进步"的同学，我加入红卫兵队伍也算快的了。要知道，全班直到初中毕业大约还有50%的人无法进入这个"先进组织"。1978年7月初中毕业，我没有和同学参加高中考试，而是直接报考中专。因为那时上学连肚子都吃不饱，早早想考出去，参加工作，弄个城市户口吃商品粮。按照自己的学习成绩，在班里一直排在前几名，自信没什么问题，但到中专考试成绩下来离录取分数线仅差了5分。因为报考中专和高中只能选其中一项，故中专没考上，高中也未读成。好在那时候农场的职工参加工作属于自然增长劳力，不需要复杂的手续，只要填一张工资表即可，于是在1978年8月，我便成为农场基建队的一名小工。在基建队干了一年之后回到父母所在的连队，那时四队已改名为九连了。在九连干了两年农活，1980年3月农场组建农机工作站，通过农场机务考试我成了作业站的一名拖拉机手。在作业站我干了整整5年，从徒弟到师傅。其间的1983年12月，我20岁那年成为农场一名最年轻的党员。1984年10月到1985年7月我还担任了一年多小学代课老师。后被调入农场政治处宣教科工作。之所以能调入农场宣教科，还得益于自己在当地报刊发表了几篇文章。更重要的是我们农场政委和政治处主任都比较重视新闻报道，觉得我能在报纸上刊发文章，也是农场的光荣，这样我被当作"人才"调入了机关。当时由于自己是初中生进机关还颇有异议。新调来的政治处主任说，谁能在报刊上发表文章，我们就调谁。大家说说，农场还有几个人能写文章的？大家提的意见中除了学历问题主要是当时宣教科4个编制，父亲那时担任农场广播站站长，占了一个编制，我再调入势必又占去一个。而且父子两人同在一个部门，工作上确实有些影响。团场党委考虑这一因素后又让我担任行政秘书，这样才解决了编制问题。虽然担任行政秘书，但我的主要工作还是宣传干事的活儿。在担任宣传干事期间，组建了六师第一个文学社"五月文学社"，并油印了《五月文学》双月刊。当时《新疆军垦报》《工人时报》《绿洲》《五家渠报》《中国农垦》都为这个文学社出了专辑或专版，两年后我女儿正巧在5月1日出生，于是"五月"便成了女儿的名字。现如今女儿"五月"都已经结婚有了孩子了，在我家的书架上至今还保存着《五月文学》油印刊物。而且那些墨汁依然清晰可见。1989年冬，我参加了兵团第一届青年文学讲习班。同期有些人经过多年的辛勤跋涉在区内外文坛上可称为"名家"了。1990年起我担任农场宣教科的副科长，是农场当时最年轻的科级干部。两年之后我调入五家渠棉纺织厂先后担任组织科长、办公室主任、企业管理部部长。在工厂我待了6年，其中在1996年出版了第一本散文集《我在雪山草地等你》，当时这部散文集的主编是洋雨老师，东虹老师给该书写了序。如果不是特别喜爱文字，我可能会在企业管理上下番功夫，或许会有点成就，但天性的爱好使我又回到了原点。1998年5月，我被调入自治区党委政法委《法治纵横》杂志社工作，可以说圆了自己多年想从事专业创作的一个梦。《法治纵横》杂志社社长兼总编辑都幸福老师原是自治区文联《中国西部文学》杂志的副主编，退休后被《法治纵横》杂志社编委会返聘。这是一个令人非常尊敬的长者，他助人为乐，一生为他人作嫁衣的奉献精神在新疆文化界有口皆碑。在他从事编辑生涯40年的时间中，培养了一大批的作者，有许多人在他的帮助下改变了命运，更有许多人通过他的帮助，而攀登上了一座又一座文学的山峰。在他的悉心帮助和指导下，我开始从事编辑工作并开展自己的创作。那些年每年编辑稿件都在几百万字以上，仅自己每年创作的作品就有20万字以上。从1998年到2004年，我先后出版了纪实文学集《折翅的红蜻蜓》《第199颗手雷》《新忏悔录》，长篇小说《桃色新闻》《帝国之花凋谢上海滩》《西域迷案》《卧底》，纪实文学《中国打击"东突"报告》《准噶尔的黄丝带》等，散文集《邓家沟纪事》《父亲母亲》。共计400余万字。

　　冬去春来，夏花秋草。40多年过去了，当我从一个写诗的少年而现今如一片秋叶的时候，匆匆而逝的时光告诉我：珍惜每一天新鲜的阳光吧，别辜负了我们曾经走过的岁月。